# 分身术

格致 著

时代文艺出版社
SHIDAI WENYI CHUBANSHE

图书在版编目（CIP）数据

分身术 / 格致著. -- 长春：时代文艺出版社，
2023.8
ISBN 978-7-5387-7137-4

Ⅰ.①分… Ⅱ.①格… Ⅲ.①散文集－中国－当代
Ⅳ.①I267

中国版本图书馆CIP数据核字(2022)第240103号

分身术
FENSHEN SHU
格致　著

出 品 人：吴　刚
责任编辑：焦　瑛
助理编辑：陈　阳
封面设计：青空工作室
排版制作：隋淑凤

出版发行：时代文艺出版社
地　　址：长春市福祉大路5788号　龙腾国际大厦A座15层　（130118）
电　　话：0431-81629751（总编办）　　0431-81629758（发行部）
官方微博：weibo.com/tlapress
开　　本：880mm×1230mm　1/32
字　　数：166千字
印　　张：9.75
印　　刷：长春第二新华印刷有限责任公司
版　　次：2023年8月第1版
印　　次：2023年8月第1次印刷
定　　价：59.80元

图书如有印装错误　请寄回印厂调换

# 序：分身术

多年前，我在吉林市船营区城建局绿化科上班。我是内勤，负责绿化科的内部事务，而外面的事由科长来做。科长是男的。我们绿化科就我和科长两个人。这有点儿像一个家庭：女主内，男主外。科长喜欢养鱼，办公室靠西墙有个大鱼缸，里面养了六条地图鱼。他还养花，地中央一盆龟背竹，长得四仰八叉。每片叶子都有点像一只绿乌龟。叶茎很长，这样就使每片叶子都在花盆的四周一两米的地方悬着，真有点儿像一只只乌龟以花盆为起点向四周缓慢爬行，它们被身后的那条绳子拽着，这样，它们都爬了好几年了，才离开花盆一两米远。

我每天看鱼，检查输氧泵是否正常工作，检查水的温度——地图鱼是热带鱼，对水温有要求；给龟背竹浇水，把爬得太远的叶子拢回来；还要擦桌子、擦窗台。科长的桌子我也给擦，但是如果哪天他惹我生气，我就不给他擦桌子。更主要的工作是接电话，有事的时候往外打一打电话；有居民上访的，做记录并处理一下。上访的不多，并不是很多居民都和他们家附近的树木发生纠纷，大部分人还是能和树木和平相处的。总之我没多少活儿干。我感到工作没什么可干的时候，正是想干点什么的年龄，那时我三十多岁。

虽然这些工作不需要用大脑，也不需要什么体力，但是你得天天去，你的身体得坐在那把椅子上。我的大脑也得天天跟着去，虽然大脑不需要启动。我也没办法把大脑单独留在家里，告诉她这样的工作不用劳她大驾。而我的大脑正处于爱运动的时候，不让她启动她很心烦，后来也不管需不需要，没征求我的同意就自作主张启动并运转了起来。

我的大脑私自启动并运转的结果是，她给自己又起了个名字，并用这个名字写出很多文章。她还让我的身体行动起来，把这些文章寄给文学杂志社。而杂志社的人都说这文章写得好啊。这样它们都发表出来，并且被很多人读到了。

后来我已经控制不住局面了，那个叫格致的写文章的人，几乎成了名人。很多人爱读格致写的文章。这件事一直是个秘密。我不敢告诉任何人。我的家里人不知道，单位的人更不知道。尤其不能让科长知道。你天天坐那发呆行，你要做了别的事，那你就是不安心工作，尤其我的工作做得也不是一点儿不足都没有。

可是我也想老老实实地擦擦桌子，看看报纸，给龟背竹浇水……可我管不住我的大脑，她太爱动了，像个简单、天真的小孩一样。

我天天擦完桌子扫完地，看看科长又出去了，并且三个小时之内不会回来，我就开始写文章了。我的文章源源不断地被我写出来，供给那些我不知身在何处的人阅读。我感到这很有意思啊！偷偷摸摸干一件事情很有意思啊。

我们单位也有三十多人吧，他们谁也不了解我。我也不敢让谁了解。我成了个有秘密的人了。

我在办公室写文章最怕让人看到。我最怕谁没事跑我这来聊天。也总有人来。我怕人家说个没完，就不敢多和人家说话。我总是问一句答一句。人家就觉得和我聊天聊不恋乎，也就不聊了。

我每天靠写文章供养格致活着。她是我的替身，用文字喂养。我越来越觉得格致的存在有意义了。我整天为她着想，为她提心吊胆。我觉得这一切都值得。如果我每天只擦桌子、扫地、打电话，而没有这个秘密的、鬼鬼祟祟的事情做，我就感到活着没有多少意思了。

这个格致是被我生生叙述出来的。格致是违法的，当然是违法的，格致到现在也没有身份证。格致在法律上不存在，但在读者中存在。这是一种颤巍巍的存在，是一种随时可能消失的存在。我有多紧张！认可格致存在的人越多，格致就越安全、越牢固。

我十几岁的时候，因为不明原因无法医治的疾病，被"大神"宣布活不过十八岁。我是"大神"说的"花姐"。要以处女之身夭折。这是天规定的，但是我妈不愿意。她和"大神"一起反对天意，偷偷制作了一个我的替身。多年以前我的替身就已经替我上了西天，每天为王母娘娘递茶打扇，做一个天神的侍女。这么多年了，她没有被察觉。于是我活了下来，活过了十八岁，竟然活到现在这么老了。

那个天上的侍女是我的替身，这个格致也是我的替身，加起来我有两个替身了。她们有一个共同之处，就是没有肉身，没有肉身的她们自由，上天入地、深入人心。

看看我活得有多复杂。需要这么多替身帮我活着。我活着是我和我的替身们共同努力的一个阶段性成果。

显然我已经把自己整成了一个复数：天上一个，地上一个，汉字里一个。

——而地上的这个会最先死掉。

如果地上的这个我死了，天上的那个、汉字里的那个还不死，那就等于我没死，或没能完全彻底地死去。——那么我的死亡过程就会被拉长。地上的我把死亡拉开序幕之后，其他的我如果不能跟上我死亡的脚步，那么我的死就不能结束。我的死亡过程也许会比一些人使用的时间多。一个简单的死亡，在我这里甚至会成为一件不那么容易结束的事情。——我为我能在我的死亡过程中更多地使用时间而感到有趣。

这是一个非常好玩的游戏——一个成人游戏。

还有一种不好玩的可能，那就是，我还没死呢，汉字里的格致先死了。如果这种令人沮丧的事情发生，这个游戏就没法玩了。我不愿意看到我的替身先我而死，我还要为她送葬，为她悲伤。会怀疑我存在的价值。这会导致我的死亡速度太快，快到追上了肉体的死亡。

这就不好玩了，这就与大部分人一样了。我得想办法让我死得慢一些、要让我的死亡减去肉体的死亡还有所剩余。

那么我得好好写，我知道我写得越好，格致就活得越长。

# 目 录

>>> 第二章　花鸟

# 第一章　工笔

# 扫　雪　记

　　某一个早上，你拉开厚重的窗帘，外面的世界会在一夜间改变颜色。远山近树、房屋和街路，是白色或绿色，和你刚才的梦境没有因果关系，这一般由刮什么风决定。梦境和窗帘外的世界是两个封闭的圆球，各自在自己的轨道上运转，是互相不知道的。我的梦境是站在操场上，有线广播里传来一个合唱团的合唱。当歌唱分成高音和低音两个声部，而后面的声部就要追上前面的声部的时候，我醒了过来，然后我发现，当我站在一个圆球里聆听歌曲的时候，另一个圆球里在下雪。我拉开窗帘，外面的一切都变成了白色，而风，停了。

　　楼下是沸腾的人间。沿街店铺都在自扫门前雪。谁都觉得老天应该下雪，谁都觉得下雪很美，但谁都会立刻扫雪，立刻破坏掉那么美的事物，毫不手软。

雪在夜里悄悄地下，送给人一个按照上天的喜好画好的世界；人表达了喜爱之后，还是要小幅度地修改——扫雪。人用竹扫帚这支笔，对上天的画作做了一些修改。主要是街道上的雪要清除，院子里的雪要清除，地上的人认为这两笔是多余的。其他如山川、河流、田野上的雪，作为人类满意的部分，保留下来，不做改动了。

看了一会楼下的人扫雪，在用力修改着老天爷的作品，我忽然想到我也有一个院子，院子里也有竹扫帚，院子里也该下了雪，我也可以对老天爷的作品小声地提出修改意见，而不是只做一个楼上的人间生活的旁观者。

我的院子在市郊乌拉街，有三十八公里那么远。我坐在车上，想我家的老院子，已经盛装好了满满一院子的雪，在等待着我，提出修改意见。

车窗外，漫山遍野，都是白色的了。

老家最大的一场雪，是在我七八岁的时候下的。那么大的雪，不可能白天下，老天爷也知道这么下雪是不对的，但那天老天爷就想这么任性一下子，并且没控制住自己的任性，结果那场我此生最大的雪，就下来了。那是一个特别平常的夜晚。所有人在天黑之后都睡觉了。天上主管下雪的那位神仙，等所有人都睡了之后，看见地上的灯火都熄灭了之后，就把怀里抱着的大雪团扔了下来。再大的雪，也没有一丝声响，像一只蹑手蹑脚的白猫跳上了我家的房顶。像无数只蹑手蹑脚的白猫，跳上了所有人家的房顶。下雪神忙了一晚上，凌晨的时候，看看下面的房子只剩下了房脊，他开心地笑了，拍了拍手，回去休息了。

第二天早上，并不是推门一看：啊，山上白了，地上白了，房子上白了，树上白了，这样的平庸之作，而是根本推不开门。房门被雪堵住了。这就不是作品了，而是恶作剧；这就不是瑞雪了，而是雪灾。瑞雪要适量，不多不少，正正好好。

后来，大家都从被封住的房子里出来了。一般是家里最身强力壮的那个人，用力把门推开一道缝隙，然后用铁锹，一点一点把雪向两边推，然后整个人才能走出去，把门后的雪推到一边。听说还有的人家，因为房子太矮，整个门都盖住了，从里面推不开，一条缝也推不开，只好由窗子出来。

那次扫雪，已经不是扫雪。扫雪得用竹扫帚，雪在地上薄薄的一层，用竹扫帚一扫，唰唰的，一条一条，像写诗。而那次，是所有大人，用铁锹一锹一锹挖出房门通往大道的路，然后大家在街上挖，互相挖通，犹如打通隧道。两个邻居各自挖路，挖通那一刻，两个天天见面的人，好像很久不见了那么高兴，恨不得拥抱一下。而路两边的雪墙有一人高。小孩在里面走，就像走迷宫一样。学校停课了一天。不停也不行啊。所有人，包括老师都无法走到学校去。只有等村民挖通了道路，而那天的道路，都挖通了，太阳快落山了。

用铁锹挖雪，那就不是作诗。只有用竹扫帚扫雪，才和作诗特别像。

第二天我们去小学校上学，从没顶的雪墙中通过，担心两侧高过头顶的雪会坍塌下来，把自己埋上。因此我们去学校是一路快跑的，尽可能缩短在雪隧道里停留的时间。到了学校，同学们互相见了面，虽然只有一天没上学，但是大家像好久不见了一样，互相看着。因为我们的世界变了，通往学校的道路变了，大家都留心看彼此，看看人，变了没有。那些天，大家都好好上课，谁也不和谁打架了。我们都是战友了，而外面大山一样的雪，成了我们共同的敌人。

又过了一天，山上的狍子下山了，这么大的雪，狍子是怎么下山的？因为雪太深了，狍子跑不起来，有的就被村民抓住吃肉了；一些绚丽的野鸡也下山了，山下仍然找不到吃的，野鸡飞累了，就一头扎在雪堆里，被看到的人如拔萝卜般抱回家，吃了肉。那么好看的野鸡，也被吃了肉。

那次大雪之后，我们踢的毽子上的公鸡尾羽，就换成了野鸡的尾羽；我们玩的猪嘎拉哈①，就换成了精致、几近透明的狍子嘎拉哈。

让我意外的是，到了乌拉街，看见院子里的雪，我最终没有清扫。竹扫帚和铁锹，都在窗台下放着，我的一腔扫雪的激情，随着我进入院子，发现了雪地上的印章，而消散了。我第一次对一院子的白雪下不了手。我发现，那不是一院子的雪，而是上天留给我的一封信。是一篇杰作。我不能增加一笔，也不能删除一笔。那幅作品是神和万物的合作。我能够看到，已是我的幸运了。

当我推开木门，院子像个四方的容器，盛满了雪。这是宏观的样子。当我低头看脚下，自己的脚印印在平整的白雪上，像我的印章。等我再看，这雪地上除了我的脚印，还有别人的脚印。这个别人的脚印和我的很不同。我

① 嘎拉哈：猪、羊等后腿关节上的小骨头。

的不能叫脚印，应该叫鞋印。人家的才是脚印呢。而且和我的脚很不同。我五个脚趾，人家好像没有这么多。但是人家的脚多，应该不少于四个。

我站在门口不敢动，怕打乱了雪地上的脚印分布。脚印是从南面的铁栅栏围墙那开始出现的。它显然不是从大门进来的。大门的钥匙在我手里，就算它有钥匙，也不会开吧。但是人家不需要走大门。一跃，就进来了。不用门，也不用开门。脚印是沿着围墙码放着的。我顺着脚印跟着走，走到了西面的围墙那里。西面围墙外就是广阔的玉米地。玉米地外是一条江的支流，再往外有山脉。

脚印有我的拳头那么大。应该是大型动物。应该不是狗。乌拉街的狗，没有一条有四处游玩的自由，都被主人拴在院子里，一刻也不能离岗。后街有两家养羊，羊也圈着，就算跑出来，也不能跳进来。围墙有一米五高。村民的羊都是绵羊，绵羊不会跳墙。家养的就这些，剩下的只有野生的了。这方圆都有什么野生动物，我不知道。这里基本是平原，都是农田、村屯，没有野生动物生存的地盘。也许远处那个山上有，但很远，从来没听说有什么动物。这里早已被人类全盘霸占，野生动物早已不见踪影。

看脚印的大小，应该是和狗大小差不多的，那是什么呢？

脚印从西墙角开始出现，然后沿南墙走，走到东墙，从东墙下绕过一堆煤，向北去。东北角是一个废弃的羊圈。脚印进了羊圈，然后从羊圈的西北方向出去，沿着北墙到院子西北角，绕过一堆玉米秸，从西北角消失了。它从西南角进来，沿着院子的四周走一圈，然后从西北角出去了。在院子的中心地带，那么大的地方，没有脚印。来者也是心虚的，不敢大摇大摆，只敢小心翼翼地贴着墙根走。

这样看了一圈，我得出结论：它是冲着羊圈来的。那就是一只能吃掉羊的动物？狼、豹子……

下雪的前一天，有时会有东南风。羊圈虽然没有羊了，但羊圈没有打扫，大量羊的粪便都在那里。羊的气味都在那里。这些羊的气息被东南风送到西北那边很远的地方。那个方向有山，而山里有可能已经有狼或者豹子了。它们在夜深人静的时候走过冰封的小河，然后进了村。进村后，它不是谁家都进。它是事先锁定了发出羊的气味的院子。应该先到养羊的那两家去了，那里的羊气更浓郁，更生气勃勃。但那院子里有人，可能还亮着灯。能听见人说话。它想想不敢进去，接着就到我的院子里来了。我们冬天不住这里，只在5月到10月在这里住。院子冬天处于休眠状态。它发现我这院子里没有人，但有个羊圈。羊的气味略显陈旧，但它还是进来了。它小心地沿着墙边走，留下谨慎的脚印，可见是只怕人的野生动物。

我的院子里没有活物，让深夜来觅食的家伙很失望。它那样小心翼翼地，却一无所获。夏天羊圈里还有很多只鸡呢。去年那里还有羊。我看见它走向西北角出去的那一行脚印彳亍犹疑，充满了失望。

我跟踪了它一路，体会了它的心情，在它跃出去的西北角木头墙的缺口处，向北方的那几座连绵的山峰望了有五分钟。然后我回到院子里，再次俯首阅读，那印在墙边的大脚印是这雪地作品的大标题，大标题下，我还看见了四号字那么大的文字。一行行、一对对十分工整。它们沿着菜地竹篱笆一直往房门那里排过去。在平展的雪地上，又像是这雪衣服上的拉链。这个应该是灰八爷（老鼠）的脚印。它快而有序，前后脚印几乎等距。进到屋子里去了。那里暖和背风，供桌上还有馒头水果。灰八爷也是位列仙班，虽然排位靠后，但毕竟排上了，有一席之地。那贡品怎么就不能享用呢。因此从灰八爷的脚印看，它理直气壮。常常因为吃馒头而带倒了酒杯。其他仙家不怪，我亦不怪。

看来这世上没有一座房子是空着的。我这房子如此破旧，仍然热闹非凡。光雪地上的脚印就有好几种。那不留下脚印的，不知还有多少呢。

这房子已有百年，百年这院子里有多少脚印？人的、动物的。如果把这些脚印摞放起来，那不知有多高。总之这院子里应该已推不开门，进不来人了。

这雪我还能扫了吗？我不能。我认为这是一篇完美的作品，我没有任何修改的意见。这雪地上的生命记录，是多么珍贵！多么完美！清扫就是删除，我为什么要删除它们呢？它们是错误的吗？它们是自然，自然无对错，甚至无善恶。天然自在。我感到我是有错误的，那个大家伙，它饿了，到村子里来觅食，并且选中了我家，认为我的羊圈里有羊。那么我的羊圈里没羊就是不对的了。有羊圈就应该有羊，不然这不是圈套吗？

春天雪会化掉，那些脚印也会一点点融化，和水一起渗入地下或蒸发上天空。脚印完整地去了另外的空间。如果现在用扫帚把雪扫除，那些细致排列的脚印，它们会不知所措，乱作一团，像没有得到善终。这种残忍的事儿，我是不会干的。我怎么能把写着重要文字的白纸揉皱了呢?

　　再下雪，我的院子就会翻开新的一页。那些我看不见的生命，会跑来在这雪白的纸页上用脚趾写下故事。我会选一个晴好的上午，推开大门，在木门的吱呀声里，开始躬身阅读。

# 失败的魔术

推开门，我就来到了后院。残雪在墙根，碎煤堆上的缺口很大。医院厨房的门半开着，水泥地上是浅薄的水。水桶红色，里边伸出几只白条鸡金黄色的脚。鸡脚有七八个，痉挛般地举着，像是一个现代舞的动作。一条鲤鱼在地上，怒目圆睁，看样子是死了。张开的嘴收不回去。死前它曾大声地呼喊过？不是饭口时间，这里还没有人来，但我听到空旷的屋子里有众多生命挣扎的声音纠缠着。我不能在这里停留，我被规定不停地走。医生让我用行走的方式摇晃我自己的肚子。肚子里我的孩子头冲着天空，与所有枝头悬挂的果子的方向相反。医生说这个姿势是错误的。医生说他得自转一百八十度，让自己的头跟大地成直角，摆好一个向大地俯冲的标准姿势。我说这个他做不到啊！他在一个混沌里，那里没有上下，没有天地。他不知道人间的果子的头都朝着什么方向。他无法向什么学习。他不知道自己错了，他想用脚着陆，像个伞兵似的，拽着水母一样的降落伞，飘飘荡荡地用脚着陆。医生说，没有人能用这种姿势降生。他必须用头颅打开道路。一开始，我们都没有天空，没有氧气，我们是从泥土里生生挣扎出来的。只有头能撞开泥土，只有头能打开道路，脚不能。

第二天，我终止了这种楼上楼下、楼前楼后的行走。我认为这种方法过于轻柔。轻柔不适合我。轻柔不适合我肚子里姿势严重错误的孩子。轻摇一只钟表，指针是不会大幅度转动的，得用力量拨动指针。我建议医生从外面打开一个出口，然后伸进去一双手，对困在里面、无力改正错误的孩子进行一个有力的接应。医生说胎音很正常，胎盘等级还是I，他有充足的时间看到并改正自己的错误。我说不行，关键是他不知道自己错了。他一开始就被摆放反了。是那双手的错误。他需要救援。给他的逃生工具放错了位置，这是一个失败的魔术。


电灯吊在高高的顶棚上，光芒四射。母亲把它拉灭，在手心里点燃半支蜡烛。放在桌子上。孵蛋的母鸡用叫声和脸色表达不满，它对母亲伸到它腹下取蛋的手又生气又无奈。但它没有太过激的行为。母亲把拿出来的鸡蛋在烛光那里照了照就又放了回去。被放回去的蛋是里面已经有了一只小鸡的蛋，而留在桌子上的蛋是石蛋。石蛋里面没有小鸡。没有小鸡的蛋就像石头。像石头的蛋很少，因此，警惕的母鸡没有察觉它的蛋少了一两个。它大致数了数，就又趴下了。我把这两种蛋凑近那支蜡烛的光，像母亲那样把蛋置于我和烛光的中间，这时我就看见了鸡蛋的里面。那里面一头是空的，看上去很亮，这亮的部分是一只鸡蛋里面的天空。天空下面是暗影，暗影是鸡蛋里面的海洋。海洋里面满满的，海洋里面有一只抱成一个团的小鸡。这只小鸡的身体，把海洋的海平面弄出了起伏，很大的起伏，像是卷起了一个大浪。石蛋里面也有天空，下面也有海洋，但是，不同的是，这个海洋里没有小鸡，没有生命，因此，这里的海平面是一条水平的线，上面没有起伏，没有生命卷起浪花。原来，判断一只鸡蛋是死的还是活的，是这样容易，这样清楚。生命它不躲藏，它要从背景里凸显出来，它生怕别人看不见，看不清。二十八天后，窝里的十几或二十几个蛋都摇动了起来。小鸡从里向外敲击蛋壳，嘟嘟嘟——它们在用力开门开窗。等窗子打开，它们的声音传出来——嗷嗷嗷。我是母亲的小助手，往碟子里放小米放水。它们一出来就会吃米粒。我一次次目睹它们从全封闭又没有任何缝隙接口的蛋壳里一点一点地爬出来，为我表演逃生魔术。给它们的逃生工具是一样的——头上的喙。喙长在身体的最上端最前端。喙在前面，柔软的身体跟在后面。可是我一回头，看见窝里还有一枚蛋。它一动不动，一声不吭。没有一丝生命挣扎的迹象。但我知道这样的蛋里也是有一只小鸡的。这枚不动的蛋，我想它的时辰还没有到来。它的逃生工具还没有被放进去，或者它还不会使用。这需要等待。我妈说不是的，它的喙够不到蛋壳。它的逃生工具放错了位置。这枚蛋是个失败的魔术。我以为这只倒霉的小鸡就完了。接下来母亲用了一个简单的办法把小鸡拯救了出来。母亲的工具是一把锥子。锥子是救援的工具，形状接近一个坚硬的喙。锥子比喙清醒。比喙行动方便。比喙坚硬比喙果断。锥子是金属。母亲用锥子在蛋壳外凿出一个洞，再扩大到能伸进去两个手指。母亲的手指在里面紧张地工作，展开搜救。最后在一只翅膀的下面找到了那把工具。母亲拽住它把小鸡的头拉了出来。我看见它的颈扭了几道弯。原来是小鸡长得太大了，占满了所有空间，喙被紧紧夹住，无法挥舞。母亲把它的下半身仍留在蛋壳里，让它自己蹬掉。我看见它一出来就睁开了眼睛，并不发出哭声。

我的腹部有个纵向的刀疤，约二十厘米长。那是医生为李礼打开的逃生通道的出口。医生不用锥子而用刀片，是依据我肚皮的材质而选择的。

我的已经被破坏的腹部，比那个被我妈用锥子破坏的蛋壳要完整多了。毕竟那医生又给我缝上了，针脚勉强两两相对，还算工整。

# 红 砖 甬 路

五年前租那农民旧宅院的时候，只见一颓败草房，老人般坐北朝南，面对一院子遮天荒草，愁眉苦脸。草丛中隐现一架手压水井，乃前朝古董。只院角几棵大榆树，挺拔繁华，是院子未死的部分。再看院子连围墙都没有，大门竟然也没有。作为一个人居院落的最基本元素，除了有个快倒了的房子，剩下一律没有。

风从西面的旷野长驱直入，横扫院落，然后携带着抓取到的一切，掠过东邻小芹家的院子，呼啸着继续赶路。风里有无数的手，走到哪里都要攫取。在猛烈的西风扫荡下，房主人年过半百，无妻无子，穷得叮当响，最后卖祖宅还债。一切在这个院子里站不住脚，风拿走了一切。

这样的风水格局，我哪里敢住？我也没有超能力对抗西风。在强大的西风面前，修建防御工事乃第一要务。

首先建围墙，挡风之外对我的立足之地做轮廓上的厘清；然后安上木大门——对嘈杂、纷攘的红尘做出一个看似坚决的拒绝姿势，以捍卫我的私人空间。围墙我用的是铁栅栏。其材质阐明我对人间的态度——我与世间的交流是有限的。风和目光还有梦境都可穿过围墙，但是肉身不能。肉身必须从唯一的大门通过，而大门的开启是需要呼叫的。

院子里留好菜地，剩下的地方做硬覆盖：铺砖——铺红砖。后来我院子里的红砖，遭到本地一位著名剧作家的批评。他的意思是红砖恶俗，太下里巴人，与房主人的身份不搭，并提起火山石残局般的黑——沧桑而高贵。他哪里知道我热爱红砖的因由一直伸向遥远的童年。在那个泥草结构的院子里，不可能有一条红砖铺成的甬路。我的童年有许多艳阳朗日，也下了许多场大雨小雨雷阵雨。雨天泥土的院子，几乎没法走路，而我的鞋，是布鞋，来自我妈精致的手工。手工布鞋和雨水泥水是一对冤家。我和我的布鞋加在一起，像是两个弱者的联合，一起在雨水面前不知所措、苦不堪言。忽一日，在镇上见一家院子里，有铺着红砖的甬路，一路从户门铺向大门口，而大门外是水泥路。我惊奇地发现红砖可以把人从泥水中拯救出来，并送往康庄大道。我站在院子外面凝视了那条红砖甬路良久：建立在红砖地上面的生活，才是幸福的生活。泥土可憎；红砖是文明的。没有红砖的生活不是生活；没有红砖甬路的院子不是院子。被雨淋湿的红砖甬路不仅文明，甚至充满温暖和诗意。一条红砖甬路，照亮了我童年的缺憾。我的童年，不缺吃的，不缺穿的，不缺亲人，但是缺一条红砖铺成的甬路。幸福的童年，就是下雨天别让我的鞋沾上泥水。我可怜我鞋上的花布，我鞋子上的花朵不是用来被玷污的。我是那些花朵的唯一保护者。但是每个雨天，我都无力保护我的花朵，眼看着花瓣陷进泥浆。现在，我有了院子，有了大量的红砖，我能不把院子都铺上红砖吗？谁知道，我买这个院子，不是为了安放那条红砖甬路的？我哪里会顾及审美？先把我内心的伤口涂上止痛消炎的药要紧。他说红砖的坏话，他知道我童年的遗憾吗？他知道我的童年，在下雨的时候，那些泥水对我鞋上的花朵的伤害吗？他知道通往我的幸福生活的道路是由红砖铺成的吗？他不知道，他啥也不知道啊！

等铺好了红砖，我就等着下雨了，或者说我就不害怕下雨了。夏季的雨，你也不用等，云层漫卷，就是在不断地拼写下雨这两个字。拼写对了，就如同按对了天上的密码锁，那雨就会降落下来。我在红砖地上走过来，走过去，手里举着透明的雨伞，呼一口长气，偷偷地笑了。那个四十年前的小女孩，在泥水里蹦跳，躲避泥浆。我举着透明雨伞，穿着塑料鞋，像个肥皂泡，脚下是汪着水的干净的红砖地。我试图把自己和那个蹦跳的小女孩重合上，想帮助她跳到红砖地上来，但她总在跳跃，跳得太快太突然，导致我和她怎么也对不齐，重合不上。刚刚要重合了，女孩又惊恐地跳了出去。一番努力，女孩还是女孩，与泥水搏斗；我还是我，举着雨伞，脚踩在红砖地上。

# 花豆的选择

　　5月，北方还很冷。睡觉还需盖着冬天的棉被子。我在棉被子里睡觉。睡眠把我运载到了黎明时分。窗帘挡住了一部分天光，晨光在窗外，没有进入我的睡眠，对我构成打扰，而院子东侧的道路上，一个谁家的孩子在不停地喊妈妈。这个喊妈的童声，穿过院子东侧小芹家的菜地，又穿过我的院子的木大门，穿过房门，进了房间。声音很远，抵达我的耳边的时候，没能把我彻底惊醒。我听到了，在睡眠的情况下，听到了这个声音。如果不是幼儿喊妈的声音，我可能就听不到了。我为这样的特殊声音留了通道。这个通道是为我的孩子留的，不管我是睡着还是醒着，这个声音都会抵达我的耳道。我的孩子已经长大了，上了大学，而我的为孩子留下的通道忘了关闭。别人的孩子喊妈的声音，从这个通道进来了。我知道这不是我的孩子。我的孩子已经度过了变声期，胡子都在腮部黑乎乎的了，他怎么可能发出这样幼儿的声音呢。这是别人家的孩子。虽然这样，不管是谁家孩子喊妈，所有的在这个声音范围内的妈妈都会听到。我一边睡觉一边想这是谁家的孩子，这么早就在外面叫唤。虽然没能让我彻底清醒，但沉睡下去也不能了，我像被吊在悬崖的中间，上不去也下不来。喊声在一声声加强，似乎越来越近了，我终于被喊妈的声音拽上了崖顶——我醒过来了。

我坐了起来，下地穿上鞋，顺着那个声音出了门。我刚走到房门口，"妈——"，这个小孩喊妈的声音竟然在院子里。离我很近。看来睡眠还是把距离弄出了误差，那时听着就在大门外的道路上。接着又是一声"妈——"，声音含着早上的水汽，而且声音发出的地点，离我不到五米，就在菜地旁的水井那里。我急忙走过去查看，家里的阿拉斯加大狗小灰正在水井边低着头忙活着。它巨大的身躯遮住了一切。我走过去，推开小灰，见一只小羊卧在那里，全身湿漉漉的。这是母羊生了小羊。老高说的果然不假。急忙抱起来，小羊全身湿冷。我紧紧抱着，企图把它暖过来。我迷惑起来，羊圈在房子的东山墙那，水井在房门的正面，南边。羊圈离水井有十米左右。羊圈是有木门的，虽然门有缝隙，关不太严，但刚生下的小羊，怎么会跑出来这么远？它一直在远离妈妈的道路上走着。它应该还不会走，是一点点爬到这里的。它从羊圈出来，跌跌撞撞，远离妈妈，却在一点点靠近我。它已爬到我的房门口不远处的水井旁了。这个位置离我睡觉的屋子不到五米，而离羊妈妈有十米多了。它确实是从房子的东侧爬过来的。羊圈在房子的东侧，我住在西屋里。我梦中听到的声音从东边传来，这一点，梦没有搞错方向，只是把距离搞错了。我在梦中听见喊妈妈的孩子在院子外面的大道上。梦把距离拉远了。我和房子东侧羊圈的距离，中间加入一个气球一样的梦境，距离就变远了。声音穿过梦境的气球，听着也远了。

我抱着小羊，发现它白色上印着黑色花纹。是我最喜欢的黑白花的小羊。如果它不长大，永远这样大该多好。如果它只吃青草玉米，不啃果树的皮该多好。如果它知道干净，不在自己睡觉的地方撒尿该多好……小羊羔是最好看的动物。我抱着它，它还会突然大叫一声——妈！它叫的不是咩，而是妈！我被这叫声打击到了。这可怎么办？一生下来就喊妈的小羊，长大了可怎么办？我打开羊圈的门，见母羊站在我给它铺的草窝里，后腿那里还有一只全白的小羊。而公羊，躲在后面，离得很远，紧张地看着。它知道这是它的孩子吗？有几只公羊能有机会生下自己的后代呢？花卷可以死而瞑目了吧。我把怀里的小羊放到母羊的肚子底下，帮它找到一个乳头。另一只羊也找到了乳头。后来的很多事都证明，母羊不喜欢这只生下来就跑出去的小羊，而喜欢那只生下来就在它肚子底下没爬走的。是不是母羊不记得我抱着的这只是它刚生的？以为是我生的，硬塞给它，吃它的奶？它只记得后生的那只白色的小羊。两只小羊都是公羊。后来两只小羊长大了，两只小羊一同叫唤，母羊会跑向那只小白羊，嘴里发出一种奇怪的声音，安慰小羊，而对小花羊则不管。

母羊不愿意给小花羊喂奶，但每次喂奶我都强行介入，帮助小花羊吃到足够的奶。但小白羊越来越健壮，四只小腿非常灵活，砖墙，瓦片，哪都能跳上去，小花羊就要差一点。后来，长到三个多月的时候，我给它俩都起了名字。小白羊叫白豆，小花羊叫花豆。长到半岁，花豆突然死了。找到的原因是吃玉米吃多了，不能消化，死了。但两只小羊是一起吃的，白豆没有死。花豆虽然有我照顾着，不时地抱着，但它妈妈不喜欢它。它看出妈妈不喜欢它而喜欢另一只羊，它很受伤吧。心情不好，消化的能力受到阻碍，因此就死掉了。樱儿把花豆埋在院子南面的城墙上了。

哪只羊能有葬身之地呢？花豆虽然夭折，并且不幸地没有得到母爱，但它得到了非常难得的安眠之地。城墙上的古榆为它遮风挡雨。它生前我多次带它到城墙上吃草。城墙上的乌拉草很好吃。它葬在草坡上，榆树叶子也很好吃。秋天落叶很厚，一个冬天都不会缺吃的。花豆出生就从羊圈爬出来，一边喊妈妈，一边向我居住的西屋爬来，并成功地把我从睡梦中唤醒。它爬向了一个人类的妈妈，失去了羊妈妈。它因失去羊妈妈而夭折，却因为得到一个人类的妈妈而得到了安葬。能得到安葬的羊几乎是没有的，它会不会从此脱离畜道，而进入人道？它为什么会发出人类的喊声？它离人道已经很近了，近到没有时间长大。长大就长到砧板上去了，它太聪明了，在离砧板还很远的时候，就停下脚步再不肯走了。它终于停留在了它喜欢的城墙的南坡上，永远与青草和榆树在一起了。

# 家庭作业

关于死亡，在某些时刻，我想得很具体，比如通过什么方式实现死亡；遗书怎么写、写给谁；遗体怎么办。我计较死亡的过程，要简短，在进行的过程中别出故障，让事先设计好的死亡按部就班地完成。

在众多的死亡方式中，我偏爱通过水。我的几次认真的死亡设计都把水作为媒介。通过水实现死亡，几乎成为我的理想。但是，水的浮力是个技术难题。我想过在身体上绑上沙袋或哑铃等，但有朋友说，这也不行，最后还是会浮上来。这让我很沮丧。我选择水，是想隐藏我的遗体。我想通过自己的力量和智慧悄悄地把自己从这个人间抹掉，不让任何人看见。因为死了之后，我对我的肉体失去了把握，我不知道我会变成什么样子。我接受不了我对我的狼狈不堪失去干预的能力。当听说我最终会漂上来，我迅速打消了死的念头。因为漂上来后，我将非常可怕，而我对我的可怕的肉体又毫无办法。就像我小学时，发现写错了一个字，用橡皮快速地擦掉。我会愿意向别人展示我的错字吗？看来人还是必须要埋在土里，泥土没有浮力，不拒绝人的遗体。而水拒绝。水通过浮力净化自己。对于一片湖水，我是不被接纳的。我对水的喜爱是一厢情愿的。但是如果一片湖水不愿意接纳我，我不能处理遗体这个难题，那么我就先不死。至此，我还不能接受其他任何方式。我活着，也许是因为找不到令我满意的死亡方式。或找不到可靠的物质隐藏我的遗体。生命很好，但到最后，我被这个问题给难住了。很多人都被这个问题卡住，而无法实现令自己满意的死。有多少人活着，是因为对那些可供选择的死亡方式极度不满意。神通广大的自然科学，应该考虑大众的这方面的需要。人类已经存在多少年了？什么都进步了，就是在最后这个环节，没有人想出或研发出好办法，供大家使用。现代和古代，在死亡上，没有任何进步，没有给现代人带来任何便利。

在公民的权利中，应该加上一项：有权选择死亡方式和死亡地点。死亡是一个人最后的尊严，任何人不得践踏。

关于死亡，我能这样冷静地思考，是因为死亡被我操纵。我和死亡之间处于一个平面，我可以选择、放弃等等。而大部分的死亡是被动的。我不愿意想被动的死亡。我从来不想我在一次事故中成为死难者。那种死亡是生命最恐惧的。首先你不知道时间，前一分钟你还想回家做什么菜，一分钟后你就死了，那个被你想好的晚餐，永远没有被你制作出来；其次你不掌握方式，你坐在汽车上、火车上、飞机上，或走在非机动车道上，一瞬间你就死了，来不及做任何交代；第三你失去了对自己的身体的控制，你倒在一堆血液中，头发上都是尘土，衣服在事故中被撕碎，你可能衣不遮体，鞋也掉了一只……这是最不幸的结局了。我在活着的时候尽可能地做好事，尽可能帮助别人，就是要避免这种令我难堪的局面发生。这个局面人不能控制，由神控制。

从这个角度看，我是怕死的。被动的死是非常可怕的。这可以很好地解释我的一些怪异行为：

我常常处在那种无聊的状态，于是我站在茶几上，喊儿子过来。儿子走过来。我说你背妈妈在这屋子里跑。儿子说为什么要背着妈妈在这屋子里跑？我说等哪一天妈妈病了，走不了路，你要背着妈上医院。儿子说那现在又没生病。我说，我们要练习，不然到时候你背不动。再说我也得慢慢习惯被你背着。我不是谁说要背就可以马上背起来就走，我得有个适应期。我们从现在开始练习，到我生病的时候，我刚好就适应了你的后背。对你来说，这就像开车，你得把开车的基本要领掌握了。而背着我上医院那天就是你开车上路的那一天。我们在屋子里练习，都是你考驾照的过程。儿子对练习这个词很理解。他在学校里，很多东西都是需要练习的，于是他懂得练习的重要。当我一说练习，他立刻就过来把我背了起来。他还是太小了，没有什么力气。身高和体重只搭建起了一个雏形，那力气还没有住进来。他只能勉强背起我走两步。我也怕压坏他，只有十几岁，那骨骼还都像小树枝，落上个小鸟都要弯曲和颤抖。我这么大的一只鸟，一定会把他压折了。我快速从儿子的后背上滑下来，说今天就练到这，以后要常练习。

　　这样的练习并没有练几次，他总是忘掉这一功课，而我，有心情逗孩子这么玩一下的时候也不多。加上孩子太小，基本背不动我这个大背包。等他长得足够大，似乎力气也有了的时候，我这样吓唬他的效果已经小了。他不相信了，他知道有救护车。满大街也看不到谁背着妈往医院跑。

我早晚会成为他的负担，我用背这种方式，让他提前知道我的重量。有个心理准备，我甚至说，你知道大家为什么都争着要生儿子吗？就是因为妈生病的时候，好有人背着上医院。又说你知道为什么大家都不愿意生姑娘吗？就是因为姑娘背不动啊！

# 镜 子 后 面

　　新娘子从车上下来，手里抱着一个洗脸盆。一般是印着祥瑞图案的搪瓷盆。里边装得满满的，用一个大红的手绢盖住。那盆里装着什么，我可都知道。在幼年，我就目睹了两个哥哥结婚。两个漂亮的嫂子都是抱着这样的盆走下车来，走进我们家那个院子，然后走进我们家的门，然后坐在铺着妈妈亲手缝制的红红绿绿的被子的炕上。那被子的下面藏着一把斧头。斧与福谐音，良苦用心十分明了。我看新娘子日后的幸福是没有什么可靠依据的。无计可施的人们只能在日常的某一物什上找到些灵感，然后把沉重的担子安放在它的肩上，然后用暗示的招数让新娘子相信神秘的力量，相信女人的幸福就隐藏在这块生铁里。坐住它，压牢它，决不可以小看它。如无法拿出糖果给女儿的父亲急中生智给小女儿讲了一个关于甘甜的故事。父亲试图以此证明，那糖果它有，只不过它没在眼前，它在故事里，在从前，或者在以后。因为我们想要的东西它存在，所以就不要哭，不要难过，让等待成为信仰。被婚礼选中的是砍木头的斧子。我不知道铁斧它知不知道自己的责任和义务，知不知道自己的名字已被所有的女人压住。它愿不愿意活在女人沉重的期待之下？

新娘子坐在这福上，然后要梳头。梳头是象征性的。其实婚礼上的很多习俗都是象征的，隐喻的，差不多就是诗歌的。新娘子的头发早已作为重点而在娘家打理好了。在这无须再梳的头发上梳一梳，它是不是隐含开始，从头开始的意思？这是一个重要的仪式，我看见为新娘子梳头的女人拿着木梳，手在新娘子的头上轻轻抚过，那梳子基本不碰头发。即使是象征的梳头也需要梳洗用具。这时，那个被新娘子一路从娘家抱来的脸盆就该上场了。先看看盆里都有什么吧：先是揭开了那个红色手帕，然后拿出的是两条印着鸳鸯的毛巾，又拿出的是两瓶雪花膏，接着是两盒香粉（我记得我二嫂的粉基本上没用，一年后都擦到我那个早产的侄儿的屁股上了），两支眉笔，两盒口红，两把梳子。从那个盆子里涌出的东西都是成双成对的。一会儿，那个梳妆台上就红红绿绿，高高矮矮，十分好看了。最后，在我看来是这个魔法之盆中的王——镜子，现身了。从这个盆里拿出的镜子一定是一对，一定得是圆的。没人想到要用其他形状的镜子来取代圆镜。圆，团圆。破镜重圆。只要是圆的，不小心摔坏了都没有关系，圆是可以自己修复裂口的。圆没有缝隙，圆里盛装了一切。圆是有力量抗拒分离的，圆紧紧地抱在一起。据我所知，古代的镜子都是圆的。圆也是古人的理想，甚至是信念。月亮以它的形状左右着抬头仰望它的人们的情感。月亮它虽然也缺，也损，但它无数次地圆了，它最终都圆了，这坚定了人们生活的信念，既而忽略了眼前的一切缺憾。

圆是可以滚动的，圆是随遇而安的。圆与其他发生触碰，不会撞伤对方，圆没有破坏性。镜子映照着生活，圆镜里的生活就是圆的，没有锯齿的，就是顺的。一面三角形的镜子是无法想象的，别说人脸，就是一个居室的环境，在里边也如刀砍斧劈。尤其那个尖角，让人寝食不安。三角形，只存在于破碎的镜子里，它的命运是被扫到角落里去。圆镜它也不能映照出生活的全部，它也要切割。但圆的手法是柔和的，是小心翼翼的，轻声细语的，是只流血不疼痛，是打了麻醉药的。

我出生时，父母结婚已近十五年。到我知道照镜子了，是四五岁。这时我发现我们家只有一面圆镜。那镜子是铁框、铁支架，镜面的左下角栖落着两只交颈而语的小鸟。那时我还不知道镜子应该是一对。以我现在的经验看，那面在我出生之前就失踪的圆镜，极有可能被母亲毁坏。女人一生气就爱摔东西。母亲的时代物资匮乏，可摔之物较现在少了许多。比如我就摔过廉价的照相机，砸过呆头呆脑的电视机。我母亲当年是没有这么多东西可摔可砸的。她只有两面圆镜。于是，她在一次针对我父亲的愤怒中，断然摔碎了一面圆镜。虽然一架照相机、一台电视机比一面圆镜不知要贵重多少倍，但我现在认为，我母亲摔一面镜子所需要的勇气要比我摔照相机大出多倍。镜子，结婚的镜子，它已不是镜子了，它就是婚姻的比喻，是婚姻的同胞姐妹。母亲时代的摔镜子，一定是发生了大事，那绝对是不想过了，甚至是不想活了。母亲不惜用一面镜子的破碎来告诉父亲一句话，在这里，母亲用了这个明了的比喻句子。那镜子的破冰般的碎裂声，使这个比喻生动而形象。

但母亲的镜子破碎了以后，母亲同父亲的生活没能破碎。事实证明，母亲的比喻仅仅是个比喻而已。父亲是强大的，父亲看不起比喻。父亲说，还有一面镜子，一面已经足够。两只本就多余和浪费。母亲继续着一面镜子的生活。镜子足够脆弱，它比它的象征物——生活，韧性差得多。

由于我出生在只有一面镜子的家庭里，我对单数怀有情感。我知道观察我的生存环境的时候，我家成双成对的东西已经没有了。木梳是一把，洗脸盆是一个，雪花膏也是一瓶。到我九岁时，我们家最后的一对——父母，也变成了单数：我的父亲——我的高大英俊的父亲病逝了！这时，我们家彻底成了单数的国度。这给我以深刻影响。我十八岁时，我的语文老师结婚了。因为我们十分要好，我决定送她一件结婚礼物。若是小礼物是应该买一对。大礼物可以是一个。但我没有多少钱送老师大礼物。但送小礼物而且是一对是可以的。可那时，我的头脑中没有成对这个概念。我给我的美丽的语文老师买了一匹马，就是那种陶泥烧制的工艺品。等老师有了孩子后，那马就成了孩子的玩具，并且被摔断了一条后腿。再后来，我听说我的老师离婚了，我隐隐地觉得是因为我送了不吉利的不成对的单数的马。到自己结婚时，我没为自己买一件成双成对的东西。我从小没有得到它的护佑，长大后，我已对它生出了仇恨，我不需要它！我的口红是一支，眉笔是一个，梳子有一把足够，镜子，我的镜子，是一个！

在童年，我们家那面孤独的圆镜一直立在矮柜上，它像一只忧伤的眼睛，看着我们失去了父亲的生活。母亲一直没有再嫁，虽然她有很多机会，她坚守着那面镜子，和在镜子里跑动的她的幼小的孩子。

我们家的镜子同母亲一样孤独，它似乎永远没有找到一个同伴的希望了。因为，那种铁支架的镜子商店里已经没有了，代之的是塑料镜子如花朵一样开放。

父亲英年早逝，母亲为此重病，险些没能挺过来。悲伤过后，母亲开始省查。母亲从小信神仙，对风水也略知一二。她从丈夫的过早亡故，想到自己十九岁时，一个月内死了父母。一夜间成了孤儿。现在又中年丧夫。这都是人生的重大不幸。母亲没做过坏事，文雅而善良。不幸为什么一再降落在母亲的头上？一再压在母亲只会绣花的手上？一定另有原因。母亲对自己有了警觉。她找到了大神，请大神给看一看。大神坐在几公里外，说对了我们的家宅的差不多一切细节。尤其被大神重点指出的是，我们家房子的对面有一座厢房，这房子的屋脊正对着我们家的房门。大神说，那房脊就是利箭！它在不停地向着你家的房门瞄射。这样，你们家就会有灾难，有伤亡。房子和房子之间也是能产生矛盾，甚至是仇恨的。房子的信仰由方位决定。比如正房（坐北朝南）就信仰南方，信仰热量；厢房（坐西朝东）就信仰东方，信仰开始。一顺排开的房子没有争执，没有矛盾，它们步调一致，信仰相同，它们或面对着同一个东方的太阳，或冲着南方的温暖闭目休息。这时，世界是和平的。但如果在正房的前面突然出现了一座厢房，仇恨就有了。两座朝向不同的房屋如同两个信仰迥异的部落，它们互相攻击，你死我活。往往，正房不是厢房的对手。因为正房面对厢房的是自己的正面，是自己的脸，而厢房对着正房的却是自己有力的胳膊。这样方位的两座房屋动起手来，谁会被有效击倒，已经没有悬念。我们输了，我们家是正房。我们的脸不仅流血而且流泪。我们和我们的房子在利箭和健肘的猛攻下，倒下了。我们掩埋了父亲。父亲之后下一个该是谁？

母亲悲伤地说，我能把人家的房子拆了吗？大神则说，有一个简单的办法，可以破解。你回去照我说的做。

母亲甚至是高高兴兴地回来了。她松了一口气。症结找到了，破解的办法也简单易行。母亲有了对抗对面那日日夜夜射向我家的利箭的信心和办法了！

我的母亲回来后，关照我看好家，然后去了五公里外的韩国屯。可能是国家给予少数民族的照顾，在那个商品短缺的年代，韩国屯商店里的商品总是比我们这边多，几乎什么都能买到。我至今记着那副食商店里的酱油味、海带的咸味。我们常到韩国屯的医院里去看病，那里的医生也要好一些，药的疗效也比我们这边强。母亲关照我看家，就向南去了。母亲在很多的孩子里，只信任我看家，我在幼小的时候，就能抗拒一切诱惑而坚守家门，直到母亲回来。母亲向南去了，就是去了韩国屯。去那里是没有官道的，两个民族自发地通了商。既是民间交往，一条小路就足够了。而我们与韩国屯之间，连一条小路也没有，我们只有一条略宽些的田埂。那水稻田的田埂是我记忆里最美的道路。且不说一望无际的绿油油的秧苗、白花花的水，那田埂上还坐着许多青蛙，它们看见人来了，就争先恐后地给你让路。路是很窄的，而人的脚是很宽的。青蛙说，让他过去，让她过去！于是青蛙就跳到水里去了，潜伏在一株秧苗的根部，然后睁大眼睛隔着水层看着你。而蛙的神态是认为人是绝对看不见它的。它认为五厘米深的水是人所不能逾越的。它以为它藏得很好。

母亲从这样的道路上走过去，又走回来。她回来的时候，手里紧紧抱着一个用红布包着的包。母亲没有把它拿进屋里，而是小心地放在了外面的窗台上。母亲从屋子里拉出了一个木凳，然后踩了上去。母亲个子很高，再加上凳子的高度，她伸手就够到了屋檐。母亲站在凳子上，让我把窗台上的那个神秘的红布包递给她，并说不要打开它。我一边按母亲的吩咐去做，一边想，这可真神秘，里边包的是什么呢？我的疑问，在一秒钟后就有了明确的答案。母亲迅速打开了红布包裹，我看见是一面方形的镜子，仍然是铁框，镜面上没有两只鸟，而是两朵纤弱的蓝色的花。这样的一面镜子被母亲悬挂在了门楣的正中，对着前方。

这面镜子的使命是极其特殊的。它的任务是艰巨的。它同新娘子压住的那把斧头的意义相仿。它比一把斧头轻，它易于破碎，但它却担着比斧头更重要的责任：它要看护父亲的孩子，看护我们成长。一个普通的镜子，一旦挂在我们家的门楣上，它就马上明白了自己的使命，并且拥有了父亲的力量。它不会有辱使命，因为它有明亮的眼睛。它不是谐音，不是牵强的联系，它是眼睛，它是光芒，它是闪闪发亮的盾牌。它高悬在门楣上，它用光芒挡住了从对面射来的利箭，它将我们这些幼小的孩子全都挡在它的身后！

后来，母亲对包镜子的红布也做了简要的说明。她说，用来驱邪、抵挡利箭的镜子是不能照人的，甚至不能照到任何人间事物。在它来到那个位置之前，一个镜子应该是童贞的。在买的那个环节，我将先买好的布给了售货员，由他包好递给我。这个镜子绝对是什么也没看到。

被世俗污染，是会大大削弱它反击邪恶的力量的。它必须干净，才有力量！镜子必须保持童贞，才能战胜邪恶。原来，镜子靠的是童贞的力量，零的力量，也就是无法战胜的力量。

在我家房子的最前沿，委派了一位一尘不染的手持闪光盾牌的勇士之后，我母亲的情绪趋于稳定。悲伤有所减弱。我们这些幼小的孩子，都躲到了那面镜子的后面玩耍。我们渐渐长大了，灾难没有在我们家再次发生，代之而来的，是大哥参军提了干，大姐、二哥做了教师。我和弟弟读书都读得好。我是什么样的难题都会做，考试总第一。从小学到中学，我是一个班级的统治者。我喜欢数学和天文，长大打算当个科学家。

去年，我去我的同学家玩。她说她整天心烦意乱。她指着正冲着她家窗户对面的利箭一样的房脊说，我一看见它就闹心。我走到她的身后，漫不经心地看了一眼那个厢房的房脊，说我有个办法。

# 有效干扰

　　我的右腿在向前迈出的时候，总是被拎在右手里的食品袋不轻不重地挡一下。这使我从超市回家的行走一直不够流畅。我买的都是些规规矩矩的食品——袋装牛奶、酸奶，长度不超过二十五厘米的香肠，四方的肉块——它们待在食品袋里，除了重量将我的手指压成白色，似乎不应该对我的行走构成阻碍。

　　每个周日，我都要去一趟超市，买回至少五天的除水果、蔬菜之外的食品。水果和蔬菜，我一般在早市上买。我之所以乐于去早市，主要原因是早市的气氛很市井。它能不费什么劲就把我的积攒了二十四小时的萎靡打扫干净。早市上的人，尤其是卖菜的人，他们是那么想把手里的菜出去，他们为此进行了不懈的努力：大声吆喝、降价、和盘托出自己蔬菜的来历、再降价，直至五角钱一堆。在这些努力工作的人当中，我也不好再怀疑活着的意义。可以暂时认为，活着是为了卖菜、把不好的菜卖出去或者买菜、买到好的菜。早市的好处还不止于此，露天的市场以一条道路为基座突然就建立了起来，然后在两三个小时之内又迅速消失。这像个幻觉，而且暗藏了隐喻。早市它等在一个冗长睡眠的另一头，它把蔬菜、水果、豆浆、牛奶……一下子推到你刚刚睁开的眼前，我理解早市是不给出你思考的空隙，它用这些生机勃勃的东西，将你的思维拉到准备早饭的正确道路上来。我乐于去早市还有一个原因：那里往往有附近农民送来的、通过原始手段种出来的菜。这种长在自然环境里的蔬菜，身上有风雨雷电留下的印记。风和日丽，它们就伸展开一厘米；降温了，它们就打一个冷战，停止生长一天。在这个停顿里，就留下了它们冷的痕迹，甚至在身体上形成一个疤痕——在早市上，有成堆的松花湖野生鱼，白花花的。湖虾灰色，也是一堆一堆的。这些东西，超市里没有。

　　超市里的食品都整齐规范，受过了教育。但我拎在手里的整齐规范的食品，却在不停地打扰我的行走。我看见那干扰了我的右腿前进的不是牛奶，不是香肠，不是那块呈正方形的牛肉，而是一条布娃娃的橡胶腿。

在我的食品袋里，出现了一个不能吃的东西。在我去买食品的时候，买了一个洋娃娃。她还用垂在外面的左腿，不停地阻挡我的向前迈进的右腿。它似乎是想提醒我什么，让我停下来，至少是别走那么快。这个娃娃，她不在我此次的购物计划里。它的出现很突兀。她的力量也很大，大到一下子将我的购买计划冲出了一个缺口。她一定有理由。它的理由在收银出口又一次经受住了考验。我是只带了计划买的食品所需的钱。因为买了计划外的又很贵的娃娃，我的钱就不够了。这样，在收银台，我退掉了两瓶通化葡萄酒。

布娃娃最终来到了我的食品袋的最上面。她的一条穿黑色靴子的腿垂在外边。那些金黄色的头发也没能好好地塞到袋子的里面去。即使这样，她也占据了我的食品袋的大部分空间。

她不但占据着我的购物袋，还占据了我回到家后的差不多整个下午的时间。

我草草地把那些食品放入冰箱，就把所有的心思放在了她的身上。首先我发现了她的手和脚上有灰尘，而且擦不掉。橡胶的纹理有点像皮肤，它的上面能站得住灰尘。于是我把她抱进卫生间去洗。还给她用了我儿子用的强生香皂。洗完了手，我又看见她的脸上也有轻微的污渍，尤其是鼻子尖上。我又给她洗了脸。洗完脸后，她暴露在衣服外面的部分就都被我给洗遍了。这时，我的眼睛又有了发现，她的衣服和裙子也不很清爽，虽然看不出明显的脏，但我认为清洗一下一定会更好。当我脱下她的外衣，发现她还穿着内衣，而内衣却脱不下来，好在内衣十分干净。在等待阳台上她鲜艳的粉格子带兔头帽的外衣和白色裤子被下午斜射进来的阳光晒干的时候，我发现她的头发乱蓬蓬的，而且那个头顶上的辫子已经松了。我知道她从一出厂就没人给她好好地梳一梳头发。我开始给她梳头。梳头可是我的强项。二十几岁时，曾为一个新娘梳过复杂而讲究的婚礼头。那可是个挑剔又时尚的女人。她挑丈夫一直挑到了三十岁。她选中我为她梳头，一定是什么时候，发现了我在此方面的才华。我的表现在梳头方面的天才闪光，倏地一闪，我自己还全然不知，结果被她挑剔的眼睛看到了。在这个娃娃金色而卷曲的头发上，我没运用当年给那个新娘梳头用的技术。这是个娃娃，只是个女人的雏形，离出嫁还远呢。给她梳那种使脖子僵硬、目光迟缓的发型干什么。我只是简单地在那些头发中分出一小部分，在头顶为她编了一个辫子。为了弥补发型的简单，我决定在辫子的末端，系上一条丝带，打成蝴蝶结。我手里掐着辫子的梢，开始在屋子里找。我先是把卧室里的所有抽屉、柜依次拉开了，我找到了找了一周也没找到的一把剪刀，找到了失踪了半年的剑桥英语磁带，却没找到我此时正需要的系头发的带子。我把寻找的范围进一步扩大到了客厅、厨房、卫生间，最后抵达了这个房子的所有边边角角。我又意外地找到了一些许久找不到的被我认为已经丢了的东西。比如我丈夫的蓝色领带，我的无色指甲油，孩子的铁胆火车侠——我还是没有找到一条女孩子用的系头发的丝带。这时我猛然意识到，在我的家里，除了我这个中年妇女之外，没有别的女人了，更没有女孩儿。哪来的女孩子用的小东西。我儿子的头发倒很长，但他反对我给他扎辫子。我几次用皮筋给他扎起来，都被他气愤地揪掉了。他认为这侮辱了他。他这种性别优势可真是天生的。因此，我从一开始就是在寻找一个不存在的东西。就在我四处寻找一个比皮筋更好看一些的丝带的时候，我看见了日历。它卧在床头柜那个小平面上，在我拉开小柜上的一个抽屉的时候，目光在抽屉拉开之前的两秒里正好落在了日历上——4月8日。要不是这种大面积的寻找，我就不会去看日历，不看日历，我就不知道今天是4月8日，不知道今天是4月8日，那就说明我已经把这个日子给成功地忘记了。如果这种忘记能一直维持下去，与我遥遥在望的昏聩的老年衔接上，那么，4月8日就不存在了。4月8日消失之后，我的日子就不是每年三百六十五天，而是三百六十四天。我成功地把4月8日给擦掉了。但现在，情况非常不好。我看见了4月8日，人家也看见了我，并且被它给认出来了。找到那把丢失的剪刀，其实就是个不祥之兆。我找到的那些零零碎碎的东西，其实都是在暗暗地把我推向与4月8日相撞的轨道。这时，我终于明白，最有力地把我推向这个日子的其实是那个布娃娃。剪刀、领带、指甲油、磁带等，它们仅仅是在协助她。那么，从我在超市里突然买了一个布娃娃开始，我就已经踏上了与4月8日相遇的道路。我被一只看不见的手轻轻拨弄了一下，我就在买副食的时候鬼使神差地买了娃娃，买了娃娃，一切就开始了。看来，试图从4月8日逃脱是困难重重的，擦掉它更是我的一个乐观的想法。它已经陷在我的肉里，并且已经积攒了十五个。

瞬间我就回到了十五年前。我发现，人是可以回到过去的，而且迅速、轻盈，不费什么周折。我从这个4月8日回到十五年前的4月8日也没用上几秒。但我注意到了这两个相同的日子的细微差别。这头的这个，日历上的字迹是黑色的；那头的那个，在我记忆里是淡红色的，像未干的血迹。那是个星期天。红色的星期天。

躺在那张形状狰狞，类似刑具的铁床上，把那些我体内的血肉碎块带走然后亲手掩埋的想法一闪而过。冰冷的巨痛从天上落了下来。我的内脏，被一个什么猛兽的利齿突然咬住了。利齿咬住我，一点一点地往它的巢穴里拖，我的整个身体悬在一个伤口上。在妇科手术的床上，我从来就不知道怎么表现坚强。那些闪光的刀剪相碰发出的清亮之声，吓得我魂飞魄散。我发出了持续的尖叫，用来压住那冰冷的金属的声音。我没有时间说话，甚至已经不会说话。我的嘴里发出杂乱的声音，以遮盖金属声音的尖刺。一切声音平息下来后，我竟然从那床上自己下来了。在我就要向一边倒下去时，一个护士用她戴着血手套的手，支撑住了我。当我走到另一张供休息的床上躺下时，我听到她们在喊另一个女人或女孩的名字。她们很忙，手术一个接着一个。如果我说了我的想法，她们也没时间理我。她们不但不会支持我，反而会以为遇上了一个精神病。她们也不可能在地上的一个红色水桶里分得出哪些碎块是我的孩子。我等于给她们出了难题，接近于无理取闹。虽然孩子已经破碎，但我知道她是个女孩。就像我知道我的儿子是个男孩，在他刚刚四十天的时候。后来的一个医生也验证了我的判断。她说，被我杀死的是个女孩。只有五十天。

最后，我给那个来自4月8日的布娃娃的辫子上系了个皮筋。头发本身就是彩色的，这样也可以。我把她安顿在了我的大木床上。白天，我让她靠在床头坐着；晚上，我躺下时，也让她躺下。我找出了我儿子婴儿期用的米芯枕头给她枕了。就在我把她的头放到枕头上的时候，她的右眼咔嗒一声闭上了，长睫毛像帘子一样落下来。而她的左眼则依然圆睁着。身体角度的大幅度改变已经对这只眼睛不起作用。我以为是哪里临时卡住了，就用手帮她闭上了左眼。第二天，当我将她扶坐在床头，她的右眼又唰的一下睁开了，而左眼依然死死地闭着。早晨那么明媚的阳光也没能把它唤醒。我又用手把她的左眼拉开。至此，我明白她的左眼是一只伤残的眼睛。这个漂亮的布娃娃实际上只有一只眼睛。我每天晚上重复着给她闭眼睛的工作，早晨又将我亲手拉下的眼皮再拉开。可是有一天，可能是由于困倦，也可能是上床前先关了灯，总之我忘记了给她闭上左眼。当半夜我从卫生间回来的时候，月光透过我卧室的薄纱窗帘，将我的床照亮了。我看见她圆睁着一只眼睛，圆睁着那只伤残的眼睛。她没有看我，她看着天棚。但我在那一刻，感到她什么都知道了。她知道了我是谁，她知道了自己是谁，知道了她与我的关联，知道了4月8日，知道了她的眼睛为什么无法闭上。我惊慌地伸出手，盖住了她的眼睛。她的上翘的睫毛扎在我的手心上，而十五年前的刀剪，在将她剪成碎块的时候，其中的一刀恰剪碎了这只眼睛。在刀的刃口切向她的时候，她从睡梦中惊醒了，她睁开了眼睛，看到了一片白光，接着就看到了黑暗。那刀没有给她闭上眼睛的一秒。

她的衣服是冬装，现在看上去已经很热了。窗外柳树的枝条已经绿了起来。楼下玩耍的孩子已经脱了棉衣。一天的中午，我看见一个男孩竟穿着短袖的衣服。从打开的窗口吹进来的风，确实已经很柔软了。我找到了一团粉色的细纱毛线，着手给她织一套薄毛线衣裙。在给她量尺寸的时候，我的手触到了一个硬块，在她的右侧腹部。这一定就是店员说的安装电池的地方。这里是她的发声器官。店员说，装上电池她就能说话。主要是喊妈妈、爸爸，而且无限重复。她因此在价钱上贵了许多。我一直忙着给她洗脸、洗手、洗衣服，忙着给她梳头、睁眼睛、闭眼睛、织衣服，她肚子里那个装电池的地方一直空着。我的抽屉里就有5号电池。我不敢给她装上电池，我怕她开口说话。我怎么敢听她睁着伤残的眼睛，诉说被粉碎的巨痛。她也可能什么都不说，只是对着我哭泣。

# 火　苗

　　2014年夏天，带着被子和狗，带着电饭锅和茶碗，我搬到乌拉街住了下来。这一住就是两个多月，直住到乌拉街秋天的深处。

　　此前，我们多次来过乌拉街：一个人来、两个人来、和多个朋友一起来，每次都带着明确的目的和任务。比如：看萨府、看后府、看明朝乌拉部故都的土城墙、看写满故事和传说的白花点将台、看清朝留下的那条一度繁华的商业街——尚义街……

　　乌拉街距吉林市三十八公里。来了之后，看完该看的，当天就回吉林市。我们从来没有把看乌拉街的日落余晖和月亮的冉冉升起列入来乌拉的目的和任务。我从来没有看见过，月亮升上古榆树的树梢之后，这座古城，那些鱼鳞状黑瓦的上面，再铺一层清辉，两只黑猫从房脊上悄然走过……

桂花得知我住在乌拉街，而且住在一所百年的老房子里，她重申要来看我。似乎来晚了，我就会得道成仙，于某一月圆之夜飞升而去。我心里清楚，是我暂住的那所民国时期的老宅，促进了她来到乌拉街。作为东北史专家，她的眼睛里差不多已经没有活人。她能看到从古籍字缝中泄露的远古微光。等她终于从文化专版和儿子高考的羁绊中挣脱，来到乌拉街的时候，已经是9月末了。

9月末是深秋了。东北的深秋和东北的冬天中间，没有一个过渡地带，一般是今天还秋高气爽，一个夜晚之后，你仅仅来得及做了一个凌乱的梦，醒来瞭一眼窗外，冬天已经在一夜之间，把自己的舞台布景布置好了。

秋天的深处已经结霜，我坚持着没有搬回吉林市。我想等第一场雪。我现在对乌拉街只差她的第一场雪了。晚上，我把所有的被子（两条）都盖在身上，还是能睡得着。我胖。我贮备有几厘米厚的脂肪。用这些经年攒下的肥肉抵抗9月末夜晚的寒露霜冻，正好势均力敌。而桂花，用了和我相同的时间，仅仅攒下数目可观的钱，她并没有为某一天与乌拉街的夜露相遇准备好充足的脂肪。

我们俩站在屋地上，看着那两条棉被（一条还是夏被，薄，几乎就是两层布），不知怎样度过这缺少棉花、脂肪也不够用的夜晚。我想把两条被子都给桂花，掂量自己身上的那些白肉，似乎也相当于一个八斤棉花的被子。

火炕就是这时显现在桂花眼前的。火炕并没有被藏起来，它一直在这个屋子里，位于北窗下。面积大概有六平方米。我一直睡在位于地上的一个木床上。床的一头抵住火炕。我离火炕是如此近，却从来没想到要在上面睡觉。

发现那面火炕之后，桂花的眼光开始闪烁，她说，把这个炕烧热，屋子里就会热。屋子热了，不盖被子都行了。她问我烧过这个炕没有。我说没烧过，不知能不能烧热，也不知道从哪里点火。我说我不知道它还是不是火炕了。别看我在这屋子里住了这么久了，可是我对这面火炕一无所知。这面火炕在这个屋子里就像一句汉语里夹着的一个外语单词，我一直不知其义。

桂花去院子里找烧柴，看来这个单词她认识。我站在原地，觉得事情不会那么简单——这个炕真能烧热吗？

桂花在仓房里找到了一些小木块，并且在厨房的墙上找到灶口。当她把那些木块塞进灶膛，我仍然不能确定这里跟西屋的那面火炕有必然的联系。我问这里点火，屋子里的炕真的就能热吗？桂花很肯定地说，能热。她来这里还不到一小时，为什么会如此地信任这铺火炕？

她蹲在灶口前，我站在她身后。她说你真的一直没点过火吗？

我从来没想到要生火。进入9月，屋子开始寒冷的时候，我只知道加被子。我已经忘记了火。已经不知道使用火来取暖了。我想着如果两个被子都不行了后，我就搬回吉林市，住到楼房里去。那里有暖气，二十度的室温，让我更想不起来火，我的生活已经不需要火了。

桂花把一张纸用食用油浸了一下，我打开打火机，火就这样出现了。火苗像那张纸事先藏好的东西，忽然就泄露了出来。油纸变成一团火后，那些木块的一些部位被点燃了。木块里隐藏的火苗更多。火苗像一些被禁锢在木块中的小动物，它们纷纷出逃，发出惊讶的叫声。接着烟雾出现了。烟并不慌张，烟比火苗遵守纪律，它们一出来，就知道排好队，从里面的一个通道走了，好像它们认识路，好像它们曾经走过。没有烟走错路，逆行出来，呛了我们的眼睛。

我想起来，火炕里有砌好的通道。这样的通道有好几条，但都是相通的。烟火要在这些通道里跑，跑完火炕里的所有通道，最后来到烟囱的入口，而烟囱的出口在房子的上面。烟走到这里就得往上跑了。烟是爬高的能手。烟天生就会往上跑。它不用费什么劲就能从烟囱的底部跑到顶部，从房顶的出口进入空中。这个过程有点像婴儿出生，它们只有找到了烟囱这个出口，才能诞生在空中。那些在狭窄通道里跑了很长路的烟，刚一来到天空中，仍然保持着原来的队形，看上去是一道烟柱。几秒钟之后，它们才知道可以向任何方向飘去。刚从烟囱里出来的烟，忽然被风吹乱，很像烟在获得巨大空间后的哈哈大笑。笑得支离破碎。在理论上烟是应该这么行走的，但我已经多少年没亲眼看见烟从烟囱里冒出来？我得出去看看，那些烟火，是不是还是按照原来的理论在走路。因为什么都变了，我对原来秩序里的一切，都不敢太自信。秩序还在不在那里？还在被遵守吗？

我看见从房子东侧的烟囱里冒出的烟很软，刚一出来就被风吹倒了。看上去像对蓝天鞠躬。如果这些烟是我的，它们已经三十年没有见到天空了。

望着不断从房顶烟囱里涌出的白烟，我猛然意识到，这座百年的老房子，我居住的两个月里，一直是昏睡着的。只有今天，当火在灶膛里出现，烟穿过火炕里的通道，再由外面的烟囱飘入空中，这座房子才苏醒了过来！它的呼吸系统开始运转。它活了过来，开始呼吸。它一呼吸，就会产生热量，住在里面的人就不会冷。这座房子是活的——当你把灶膛的火点燃，烟从房子上面的烟囱里飘出来。

我虽然在这座老房子里住了两个月，但我和房子之间是不认识的。房子在昏睡，它不知道我来了。我也不知该如何唤醒它。我们之间一直是互相看不见的。没有说一句话。或者房子和我说话了，但我已经忘记了那些语言，因此听不见。当我感到寒冷的时候，它也就没办法给我温暖，或许它根本就不知道我感到冷了。我一直没找到和这座古宅交流的语言。

今天，我和这所房子才算互相看见。我感到房子在说话，那些不断涌出的白烟，像是它忽然找到了语感，正在进行冗长的叙述——老房子攒下了多少故事啊！

看完了烟，听了一段这个房子的讲述，确认这所房子已经复活，我回到屋里，蹲在桂花的身后，蹲在灶膛边，目光盯着那些火苗。火苗已把整个灶膛照亮，也把厨房照亮了。火苗从木头里产生出来，像是从木头里长出来的红色的、颤动的菌类。我已经多久没有这么近地注视火苗了？火苗是这么耐看！通过火苗似乎可以看到宇宙的深处！火苗是越细看、越细想，就越令人迷惑的物质。火几乎隐藏在一切物质里面。我蹲在火苗的对面，像看着整个宇宙的过去和未来。

我的腿麻了，忽然想起我们召唤出这些火苗的目的。我们今天并不是要看火苗，而是要把炕烧热，抵御接下来的寒冷的夜晚。我和桂花都在火苗这里走了神儿。我回到西屋，伸出手，摸那面火炕，可是它并没有热。我感到那些火苗和这面炕并没有建立联系，火苗是火苗，炕是炕。它们之间还是离得太远了，还互相看不见。火苗不能直接进入火炕，它只能通过那些烟。桂花内行地把木床上的被子铺到火炕上，自信地微笑说你别着急，一会就热了。我感到她这是在给我变一个魔术——她用被子把火炕遮住了。

她为了把我的注意力从火炕上暂时转移，就和我说起了古扶余国王子的一首诗（桂花是东北史专家，她满脑子都是这些学问。她一张嘴，那学问的碎末就掉了出来）：翩翩黄鸟，雌雄相依。念我之独，谁知与归。只这四句，十六个字，十秒就念完了，给火炕十秒的时间，桂花认为这远远不够，灶里火苗和另一房间的火炕之间，火苗要走一段路程。她为了给火苗多一些时间就给我讲故事。故事是叙述文体。叙述，那得四平八稳，得先铺好道路，然后那故事才坐着牛车缓慢地行进。桂花说的故事是关于古扶余国王子类利的。扶余国是建在吉林市龙潭山下的小国家，与中原汉朝处在一个时间带上。话说类利有两个妃子。一个是本民族的秽秣人（东北先民中的一支），另一个是汉人。这两个妃子没事也打架。这种两个女人争夺一个男人的战争，在常人看来就是一个家常事件，但在一个历史学家的眼里，就不是两个女人在打架，而是两个民族在打架。她俩打架可能已经不是因为那个共同财产类利，而是两种文化、两种生活习俗在搏斗。这两个妃子之间的冲突，具有历史意义和文化意义。结果是，汉族妃子打不过秽秣妃子，汉族妃子就跑了。这并不说明汉族文化败于秽秣，可能是汉族妃子感到自己秀才遇见兵——有理说不清。她也只好走了。类利就去追。追到之后，汉人妃子不肯跟类利回来。她没有能力对付那个秽秣女人。她说她惹不起躲得起。类利只好一个人往回走。走到一棵树下，他累了，就坐在那里歇着。心情很不好。类利心情不好的时候，树上的黄鸟却正高兴，成双成对地飞来飞去。于是类利就创作出这首诗经体的黄鸟诗。桂花说，这首诗在东北的史书上并没有记载，而是在外国的史书上记载的。

类利的黄鸟诗能成为东北文化史的一个事件，和他有一个汉族妃子关系很大。那汉妃大概会作诗，就算不会，她应该会背一些古诗。这样类利就跟着学会了。当他失去汉妃，他的损失是双倍的，他失去的不仅仅是一个女人。

这个故事吸引了我，汉代的东北先民就已经会作诗了，而且做得很好，使用了比兴这样的修辞。这怎么都不算野蛮人了。而且，这诗不是关于安邦定国，而是因为女人。一个国王为女人闹心作诗，说明这个国家已经很文明了。已经在温饱、安全等低级需要之上了。这东北古代男人的内心已经进化得很细腻了。说东北人没文化是不对的，现在有诗为证了。

虽然这首扶余国王（写这诗时类利已经继承了王位）的诗作让我有十分钟设想东北在汉朝时的样子，还有类利的神情，他穿什么衣服骑什么马，我的思绪跑到了类利那里，但我在说话的时候就坐在炕沿上，我的身体没离开火炕。我一边想类利一边把手伸进铺在火炕上的被子下面：一个并不复杂的古代爱情故事之后，不仅火炕连火炕上的被子，都是温热的了。火苗我是不敢用手直接去触摸的，但火苗走了一段路程之后，摇身变成一面温热的火炕。它让人暖和，却不再灼伤人了。火苗在走路的过程中，不断地把伤害人的东西都丢掉了，只剩下适宜的温度。这是不是就是文明的进程？火是原始部落，而火炕，是文明的社会了。我把手继续往被子里伸，我抚摸更大的面积。这时我的手感到在有些区域，热度要高，有些地方只是刚刚温热。我笑着对桂花说，哪里都不是均贫富的。这面火炕，只有六平方米，就像个贫富不均的社会啊！

我小时候也是在火炕上长大的。我应该是熟悉火炕的。但是为什么我会那么不信任火炕？我在城市生活了三十年，我和火炕间的距离拉开了三十年。三十年是多少公里？火炕不是已经模糊，而是被我忘记了。它像童年的一件小事被我忘记了。火炕是一片木板，淹没在童年的波涛里了。我把火炕忘记得很彻底，到了住在有火炕的房子里两个月了也看不见它；到了寒冷袭来也不知道点燃灶火取暖。我是进步了还是后退了？是变聪明了还是愚蠢了？

我的手触到温热的火炕的一瞬间，童年的记忆从三十年前出发，只用一秒就抵达了我——我与火炕断开的链接瞬间又接通了。

我忽然对桂花说，我看这面火炕，比扶余国王子的那首黄鸟诗还要古老。火炕也是一首诗——能烧热的火炕是被朗读的好诗。

　　躺在这样的火炕上，果然不用仔细地盖被子。我只把被子搭在了腹部，其余，胳膊、腿就都露在外面，却一点都不冷。灶里的火苗已经把自己变得无限大，至少是那些火苗变幻出的热量已经充满了这间屋子。我开始气恼我自己，我想起天冷了之后，我度过的那些寒冷的夜晚。我躲在两条被子的下面，像一只躲在土块下面的蟾蜍。而能产生这么多热量的火炕就在身边！能改变我的世界的温度的火炕就和我的床连着！这个屋子，仅仅通过火，就可以是这样温暖！

　　火炕是这座房子温暖柔软的腹部。我和桂花躺在上面，像躺在一只巨大的恒温动物的怀抱里。它缓慢地喘气，吐出白烟。它静卧在这里，搂着两个迷惘、怕冷的女人，顶着一天星星，假寐。

# 在乡村葬礼上哭泣

## 一、第一个葬礼

我叔我婶，他们有两个儿子，后来又有了两个儿媳妇。再后来有了两个孙子。去年，我叔我婶的大孙子又生了儿子。我叔我婶有了重孙子。

我叔我婶没有女儿。没有女儿，平常日子也不觉缺东西，就是到了那特殊的日子，没有女儿的缺口，看上去是那么大。这有点儿像一个人没有棉袄，夏天不觉得缺啥，一到了冬天，才意识到问题有多么严重。

八年前，我叔去世。我回去奔丧。我叔死了，就是我叔的冬天来了。就是我叔没有棉袄的事被大家知道了。看来冬天来了不可怕，看来人死了也不可怕，可怕的是没有棉袄，可怕的是没有女儿。果然，走到大门口，什么声音都没有。葬礼和婚礼一样，需要一些颜色；需要一些声响——红或者白，笑或者哭。没有哭声的葬礼是不成功的葬礼，是有硬伤的葬礼。邻人都在倾听、在评论。我知道我叔此时此刻缺什么，我知道我叔此时此刻需要我做什么。我不能让我叔在此生的最后一个环节出太大的纰漏。我叔那可是要了一辈子的强啊！我老远地回来就是要把我叔葬礼上突然出现的那个缺口给弥补上。我也要强啊，我不愿意乡邻讲究（议论）我家的不是。再说我叔那个人好啊：年轻时梳分头，会拉小提琴。后来我知道，小学校的手风琴，也是我叔的。我叔在20世纪50年代60年代的乡村，通过小提琴、手风琴热爱音乐，并以热爱音乐的形式表达着热爱生活。

八年前，我站在我叔家的门口，与院子正中间的一座灵棚面对。我意识到，我叔的葬礼能否被乡邻给出高分，我是个关键环节。我是我叔葬礼这张考卷上的一道大题。我站在门口，考虑怎么做才能不丢分。如果我在灵前哭，效果不如我在院子外面就哭。乡村的风俗不赞赏含蓄，喜夸张喜铺排。哭声越大越好，动作越夸张越好。基于此，我决定在门口就哭，然后一面哭一面走，走到灵前跪倒，再把哭声推向高潮。想好了后我就这么做了。结果，出了点差错。可能是一开始我把调就给定高了，哭了几步我突然哭不上去了。当我走到灵前的时候，已经发不出哭声而是一些剧烈的咳嗽。从此我坐下了病根，一哭就咳嗽。一咳嗽就像要没气儿了。

## 二、第二个葬礼

2012年6月6日，我婶病逝了。堂嫂告诉我8日早上出殡。7日上午，我在办公室处理事情。6日开会的一个发言稿，报纸要用。我急着收拾。我不想回去参加葬礼了，因为我婶在吉林住院期间我不止一次地去看过。还找到该院我认识的一位肿瘤专家去看过。我的这些作为，是不是可以弥补我不参加葬礼的遗憾？

到中午的时候，我哥给我打电话，他说你回来吧！家里的这些哥们都在二婶的灵前，就缺你了。我哥说到这，我老姑接过电话，说你回来吧！你回来吧！你不回来不行。

我哥说让回去，我就得回去。我们家父亲不在了以后，我哥说了算。什么工作忙，什么发言稿，什么作协，这些都不能和我哥提。在我们家我没啥地位，也没有话语权。我回娘家从不提单位的事，更不敢提我写文章的事。我们家族中的很多人，根本就不知道我在城里都干些个啥。我回娘家要带上儿子，这是我可以炫耀的唯一成绩。

现在，不但说了算的我哥让我回去，连我们家族中德高望重的我姑姑也对我下了指令。你不回来不行——我知道这句话的话外话。我立刻说，我马上回，马上就回去。然后我撒谎说，原也打算下午走的。一小时后我就赶到。

放下发言稿，起身要走。忽然想起五十公里的路呢，坐公共汽车，那得什么时候？于是我前夫那颗子弹似乎也打不透的光头浮现在眼前。那小子开一辆退役的破警车，却感到他的生活比蜜甜。原先，他特别不听我的话：我让他往东他偏往西，我让他打狗他偏撵鸡。自从他沦为我的前夫后，这种局面发生了大幅度的逆转。我让他干啥他干啥。召之即来，挥之即去。我纳闷：这人和人之间还真得拉开一定的距离。其实对付男人我也没有啥祖传秘方，只是他们家三代单传的一个儿子，目前，在我手上。

回乡参加我婶的葬礼，就意味着把八年前为我叔做的事情再做一遍。我叔家的缺口再一次暴露在众人挑剔的目光下。这对我来说不是什么难事。我已经做过了。闭着眼睛我也能拿满分。可是，事情有了一点不同。我一进院，披麻戴孝的堂嫂就出来了，她一把抓住我的手："就等你呢。等你哭道。"哭道，这是个新词儿。我不知道这个词与什么内容对应。堂嫂解释说，哭道就是从十字路口往家走。一边走，一边哭，一直哭到灵前。

我不记得八年前这样为叔叔哭过没有。我一点印象也没有了。应该是葬礼上的新内容。看来葬礼在丰富，在向细腻化的方向前进。

为什么要这样哭呢？在哭前我得在理论上清楚。我要哭个明白。堂嫂说，这样哭，出殡时亡灵就会顺利地走了，不会在家门口徘徊不去。

"为什么非得我来哭道呢？"这个疑问我也需要回答。

"哭道得是姑娘。没有姑娘侄女也行。"

我是我婶的侄女。我婶没有姑娘，但是她有侄女。

两位堂嫂左右拥着我往外走。身后还有其他的女眷跟随。因为进院就看见灵棚、遗像、黄纸、蜡烛……这些都推动我流出眼泪。我开始哭。我堂嫂马上说，现在不能哭，往回走时再哭。我一时有点止不住。堂嫂说，这样哭，路就乱了，亡灵就会迷路。我吓得赶紧闭上嘴。

我们加在一起一共有五六个哭手。我们手挽手、肩并肩。心往一件事上想，眼泪往一处流。

乡村在仪式上的要求是很高的。你光流眼泪肯定是不行的，你得有声音，不然就没人知道你在哭。而葬礼上的哭，主要目的就是让众人知道。你甚至可以不流眼泪，只要发出足够昭告众人的哭声。我在哭的时候，应该是成绩最好的。我不但流眼泪，也有很大的哭声。哭泣对我来说一点儿都不难。我平时就积攒了很多该哭的事儿，我还都没找到契机来哭呢。——我独自抚养一个孩子，在单位是工作主力，生存环境越来越恶劣，我们的食物越来越不安全，孩子越来越不听话，工作越干不是越多……这一桩桩一件件，哪一件不该哭呢？可是我都没哭。这些年我在银行没存下钱，却攒下了这些该哭的事。我攒了一些眼泪在体内。平时就不敢碰。我像一只盛满了液体的容器，稍不注意就会洒了。现在，我婶的灵堂突然推了我一下，我开始摇晃，然后我这只水碗就被突然打翻了。

葬礼上的哭声其实不是单纯的哭，是一个乡村葬礼必需的背景音乐。没有人会惊讶。没有人会害怕。可是我的哭声却吓到了一个人。这个人就是我儿子。他从小在城里长大，第一次遭遇乡村惨烈风俗。我是个一贯要强的人，几乎从未在孩子面前哭过。我突然的大哭让他惊恐害怕。他妈哪这么哭过啊！他妈多坚强啊！他妈什么时候使用过哭泣这种示弱、认输的方式啊！他妈什么事摆不平，还用哭吗？他可是吓着了，小心地走到埋头大哭的他妈身边，用手轻轻拽他妈的衣袖。"妈你别哭了。"他小声说。我听出他惊慌不知所措。

大约十分钟，我们从离家最近的十字路口，一路哭回来了。我婶离家远行的道路被我们用高亢的哭声开辟出来，并一路洒上均匀的眼泪，就像做好了路标。

明天早上，天光未明之时，我婶就可以从容地上路了。我一路洒下的那些眼泪，在地上凝成闪烁的水珠，那是给我婶点亮的路灯。

# 在尘嚣上沉睡

　　屋角是一堆残破的课桌椅，堆成金字塔状。塔尖是一把只剩下三条腿的单人座椅，三条腿恰好处在一个平面上，使它看上去牢靠、平稳，似乎是一把好椅子。它也因此傲视着身下的同类。

　　这是一间废弃的教室，也许一个月前还有四十几名学生在这里上课。而现在，它是我一个人的宿舍。它太大了，以至于我的床和行李放进去后，像是一张大网网住了一尾细小的鱼，众多的网眼空着。

　　当我铺好了床（折叠钢丝床，放一个小孩上去，他会立刻将它变成玩具），准备将窗帘挂起来时，才发现身前身后布满了窗子，它们共有六个之多，而我的行李中只有一幅窗帘。每扇窗子都黑着（因为天黑了），它们都需要一幅窗帘。在这样的房间里（窗子离地面只有八十厘米高），如果不挂上窗帘，灯光将使我成为玻璃鱼缸中的金鱼。我的尾、鳍以及鳞片都将清晰地倒映在窗外路上行人的视网膜上。我犹豫着，犹如手里拿着一个面包在六个饥饿的孩子面前的犹豫。但六个黑窗子似乎比六个孩子更难对付。一个面包可以分成六份，而一幅窗帘如果裁成六块，那每扇窗子得到的就不是窗帘而是窗花。

我的犹豫持续的时间很短，也就是六秒。六秒钟后，我已动手将那唯一的窗帘挂到离我的床最近的那扇窗子上。床的位置在西面没有窗子的墙同有着三个窗子的南墙的交会处。最后，我又将床向这个挂了窗帘的窗子拉了拉，以便将如轻烟一样稀薄的居室气氛聚拢到一处。

这个被辟作我的宿舍的废弃教室位于一所小学校里，而这所小学校位于Z市远郊的一个小镇。小镇同乡村的显著不同是有一条不足一公里的街道。这条唯一覆盖了沥青的街路将火车站、派出所、邮电局、小学校以及几家商店穿成一串，而小镇的四周是一望无边的水稻田。田里碧绿的秧苗在阳光下熠熠生辉。小镇则像大面积的田野上的污渍或是一片生了病变得枯黄的秧苗。

我曾无数次来到小镇同水稻田的接壤地带。一条公路横卧在碧绿的水田里，像一条有着黑色脊背的大鱼。逢上雨天，"鱼背"上坐满了青蛙的幼崽。它们有拇指大小。一辆汽车驶过，就有无数青蛙尸体。它们的肉体与巨大的橡胶轮胎相撞时，如气泡一样碎灭，并发出噼噼啪啪清脆的响声。几乎形成了由青蛙迸裂的尸体形成的车辙。这巨大的伤亡并未减少公路上青蛙的数量，它们不断地从路基两侧的水里跃上路面，前赴后继地献上自己刚刚开始的生命。

　　碧绿的秧苗下，埋伏着多少这样的生命，似乎是无法估算的，但这个庞大的军团包围一个只有一条小街的镇子，似乎绝不困难。

　　我的单调、寂寞的教书生活似与这些青蛙有关。它们是接受了谁的指令，从春天开始就在小镇四周的田野里埋伏了下来，并且疯狂地阻挡每一辆驶离小镇的汽车？

　　它们的任务是围困我。

　　这里的夜晚不是从太阳隐没大地的那一刻开始，而是从青蛙冲着淡黄色月亮鸣叫开始的。

　　我在蛙鸣中看一会书，又在它们参差不齐的合唱中望一会水渍斑驳的天棚，然后闭上眼睛。这样的夜晚，我听不到风声、雨声，甚至听不到火车的声音。蛙鸣似一张经纬细密的网，将一切其他的声音覆盖下去，包裹起来。

那个同蛙鸣迥异的响声是在夜半响起的。它成功地突破蛙鸣的重重封锁抵达我的耳膜：嗒嗒……嗒嗒……这是个极其特殊的声音，类似于两个质地坚硬的物体的磕碰声。在如棉花一样柔软而又韧性十足且饱含水分的蛙鸣中，这个声音犹如一枚钢针，它锋利的尖端，毫不费力地刺破了蛙鸣的包裹并且吃力地抵达我的皮肉：嗒嗒……嗒嗒……嗒嗒嗒……声音以这样的节律重复响起。我努力拨开蛙鸣这遍地疯长的杂草以便看清这个声响是什么。然而当我仔细看时，这个由奇怪的乐器演奏的曲子已接近了尾声。然后，我听到了风拍打树叶，叶子在风中如风铃摇动、旋转的声音，这是平常的夜晚听不到的。我的耳朵已接近了猫的眼睛？

听到那个声音的第二个晚上，我仍在9时左右就睡着了。它并未给我带来恐惧。那扇有缝隙的木门和被风雨腐蚀的木窗共同筑就了我的安全屏障。这一次，我仍没能同它的序曲部分遭遇，而是在它的中段突然清醒过来。它的前半部分完成了将我从睡眠中唤醒的使命后就同我的睡眠一同消失了。这样，我与曲子的下半部分相遇。我躺在那张一动就像有人抬着的担架似的床上没动，我怕弄出声响惊走那个演奏者。它是一只盘旋了半天终于落下的蝴蝶。我仅仅眨动了一下眼睛。"嗒……嗒……嗒……"声音是单音节的，无力，就要失去耐心了。显然这不是风声，风是哨音；也不是雨，雨爬过窗子时，像点响了一挂鞭炮。鞭炮响起来后，无人能把握它的节奏。它是人的手指曲起的骨节同我身边的窗子玻璃相叩击发出的声音。这个声音直译过来就是：来啦，来啦或来吧，来吧。显然，这是一支演奏给我一个人听的乐曲，冗长、较少变化。它的最精彩部分出现在要结束的时候："嗒——嗒——嗒嗒——嗒 / 嗒——嗒——嗒嗒——嗒"在这种节奏里，我想起了童年在操场上，体育老师嘴里吹出的哨音。体育老师高大的身躯和尖锐的哨音似干扰了从我们头顶飞过的一行大雁的阵形。老师的口哨和我们的步伐似两个互相追逐的动物，一个在前，一个在后，永远也追不上。我们的脚步参差不齐。

　　玻璃上静寂下来后，蛙鸣骤然响起，如打开了一扇关满了声音的房门：风声、水声、虫声，如冲出笼子的小动物，它们迅速跑了出来，顷刻就充满了全世界。

我竟然不知害怕，固执地认为那一串嗒嗒嗒手指叩击玻璃的声音是发给我的电报，我对这绵绵的嗒嗒声是否做出反应以及做出什么样的反应完全是我自己的事，是窗外的人所不能左右的。那个夜半敲我窗子的人是个乞丐而不是一个强盗。强盗的声音是响亮的哗啦啦、轰隆隆而不是小心翼翼的嗒嗒嗒。显然我二十二岁时的判断是正确的。

那是几根苍白的手指和一个忧郁的心情在我的玻璃上对我说话。他固执地一次次重复着那些简单的音节，靠有限的节奏变化来强调它的含义。那是他的语言，独特而明了。只是我不会用手指说话，和他使用的不是同一种语言，我无法回答他。

我常常是在那种有节律的声音里醒来，在他絮絮的诉说里翻了一个身就又睡着了。它和我窗外不远处水稻田起伏的蛙声、一阵清风掠过杨树梢树叶一齐的拍打声一样，都是我耳边的自然之声。它们一齐轻轻地响着，带给我的是更加深邃的空寂和更加深沉的睡眠。我从未听见窗外离去的脚步声，就像从未知觉它的到来。我总是马上又睡着了，不知那声音在什么时候疲倦了，也许是在月亮隐到云朵里，风也停了下来。

一个寒冷的、下了一夜大雪的早晨（春天早已过去），我裹着大衣，用力推开被雪封住的门。门口形成了一个平展的扇面状。长及脚踝的毛呢大衣使我走向操场的步履变得蹒跚。我在走出近十米远时回了一下头。我是想看一看雪地上自己的足迹。整个空旷的操场像个巨大的方形容器，装满了晶莹的雪，上边还没有一行脚印。教师和学生还没有到来，他们此刻正行进在路上。偌大的一片雪地只有我一个人的脚印。这样的机会不是很多，应该看一看自己的脚印。我的目光在我的脚印上跳跃，这时我发现了两个怪异的脚印，它在我的窗下，挂了窗帘的窗下，脚印很大很模糊，几乎被雪填满了。而且只有这两个脚印，它的来和去似乎都没有留下痕迹，它像是从天而降。

那个敲窗子的人，在下着大雪的夜晚仍光顾了我的窗子。也许他还伸出冻得苍白的手试图叫醒我。显然他弄出的声响没能驱走我的睡眠。夜里我睡得很好，什么声音也没听到，甚至不知道下了这么大的雪。

我折回来，雪地上原本清晰的印记立刻杂乱起来。我站到了我的窗下那两个灌满了浮雪的脚印之上。我抬起头，正与那个挂了窗帘的窗子面对，我已有了一丝紧张，回头看身后，仍然是空旷的雪地，没有一个人。

嘭——嘭——嘭——，这是我敲击我面前的玻璃发出的声音。这个由我的手指同挂满厚厚冰花的玻璃相叩发出的声音听上去很钝，类似铡刀切大捆青草的声音。

　　我无法抑制将手放到木窗格子上，只稍一用力，窗子就哗啦啦地开了。一块玻璃落到了地上，没有发出一丝声响且完好无损。夹着雪粒的北风如洪水一样从这个缺口灌了进去。单薄的窗帘，如惊鸟一样飞舞了起来，扇动着它有着粉色花朵图案的巨大翅膀。

# 坐在呼吸的空白地带

我四处寻找他的呼吸声。卧室里没有，庭院里没有，公共汽车上没有，城外沼泽地里也没有；窗帘的褶皱里没有，吊灯的玻璃罩上没有，我的食指上也没有……

从他的呼吸，那些遍布细节的声响里，我能准确换算出他喝了几两白酒。他是个酒后兴奋的人。酒精不能麻醉他的语言系统，也不能麻醉他的腿、胳膊、手和脚。酒后回来，他像一棵风中的大树，枝叶晃动而主干倾斜。

空旷的客厅里，有我看不见的他的朋友或敌人。让他在沙发上坐下来，口语、书面语、甜言蜜语都是无效的。他听不见我说话。他就在我的眼前创建了一个他的空间。

我被留在他的空间的外面。我进不去，我的语言进不去。他在玻璃罩里正在和他的战友、哥们儿进行交流，热烈、亲密。但是他处境危险。家具的所有棱角都在等着他。几次他都奔着茶几的直角、沙发扶手的弧度去了。这时，我就放下了语言，我的身体一下子就进入他的空间，并迅速投入到治理这个空间秩序的劳动中。如果从窗外看，我和他的姿势特别像打架，而且难解难分，势均力敌。当我的身体透出汗水的时候，我就打赢了这个战斗。他被我控制，终于坐下了。我的目标就是使他坐下，最好是坐在沙发上。最后的结局没有向最好的方向去，他坐地板上了。如果从窗外看，我站着，他像跪着。从这个姿势看，我也是赢了，而且赢得很彻底——那男人都跪下了啊。我换算的结果是：他至少喝了一斤五十度以上的白酒。喝半斤与喝一斤他所呈现的状态是有很大差别的。喝一斤以上，他呈现那种欢愉的情状，很是好玩——他的战友孙振，酒后找不到家，但他找到了他家的那个小区。于是他跟人家打听：请问你知道孙振家在哪个楼住吗？被提问的人开始思索。他看见人家想不起来，就在一旁提醒：我就是孙振——他是怎么回来的我也迷惑。站立不稳的人是怎么走回家来的？我看见他站着是那么危险。一个人的身体姿势如果改变，那么他就突然与四周的一切物体发生冲突。坐下来后，他不说话了——不说话他是不甘心的，他开始呕吐……

已经半夜了，我得把他弄到床上去。从沙发到床上的距离有多远呢？没有多远，可是我感到遥远。一个人处在非常状态，那么距离和时间都将发生看不见的改变。平时几步加一两个转身就完成的距离，此刻突然在我的眼前不确定起来。那个过程我可以写两千字，但是我不写了。要写就写他在那个过程中说的一句话：他说已经早上了，他要上班去。因为他坚信已经是早上了，是早上就应该上班去，上班去的方向跟进卧室的方向是相反的。他向着上班的方向努力，我必须拿出体力消耗他上班方向的力量而有所剩余才能把他弄进卧室。我用体力克服着这句话带给我的阻力。在向卧室前进的道路上，最大的挫折是他把我也一同带倒在地板上。我没什么怨言把他拽起来继续前进。我付出比刚才多几倍的汗水后，我又打赢了这个战斗。他轰然倒在床上。我站在床边喘气。从窗外看，这回我是把他给打死了，正犯愁如何处理这个巨大的尸体。

他躺下了，世界就和平了。我感到身体很轻盈，感到无所事事。那么今天可以结束了。我累了，我真的累了。

我进一步把他的身体规范了一下，开辟出一块我可以躺下的空间。躺下后，我的这个身体姿势像个红灯似的亮了一下，这个忽闪提醒我：刚才做的一切，都是应该的，因为这个人他是跟你躺在一个床上的。我困了，更累了。我很快睡着了。几个小时后，今天就将被结束，今天就将成为昨天。

突然我被惊醒了。我是被静寂惊醒的。寂静它不是空的，它是一种不可见的物质。此刻这种物质挤满了我的卧室。它的数量足以把我从深度睡眠中吵醒。我醒了，看来我的今天还不能结束。今天还有必须做的事在等着我。清醒过来后，我立刻开始了工作：我四处寻找他的呼吸声。卧室里没有，庭院里没有，公共汽车上没有，城外沼泽地里也没有；窗帘的褶皱里没有，吊灯的玻璃罩上没有，我的食指上也没有。最后我找到了他的肺部——他的呼吸在他的肺叶里被竹叶青灌醉了。他的呼吸呈液态，有迷人的蓝色，偶尔浮出一个气泡，破碎的声音被他的胸骨遮住了。

我不说话，在这个夜晚我已经放弃了语言。我用我的胳膊我的手，我开始摇晃他的胸肺部分，摇晃他的呈液态的呼吸。我信心百倍地摇晃着他，像一个孩子摇晃一瓶肥皂水——他就是一瓶肥皂水。那些醉醺醺的气泡早晚会被我摇晃出来。果然，肺泡里的水在我的持续推动下如一锅水被不断加热，气泡浮上来，破碎，露出里面的气体。一团一团的气体一出来就开始互相拉上了手。它们找到了出路，发出布满毛刺的声音，被我看见。

这样他中断的呼吸被我努力续接上了；一条被雪崩阻塞的道路被我开通了。我累了，我真的累了。在他呼出第二口气时我又睡着了。我急于借助睡眠把今天结束掉。

然后我又被惊醒了。这次惊醒跟上次的雷同。我被今天的最后一个自然段拦截。寂静再次涌进我的卧室，而他的呼吸声不知去向。我立刻开始寻找：卧室里没有，庭院里没有，公共汽车上没有，城外沼泽地里没有；窗帘的褶皱里没有，吊灯的玻璃罩上没有，我的食指上也没有……最后我找到了他的肺部。他的呼吸在他的肺里呈液态，状如高山湖泊，没有水生动物和植物。一片死寂。一片蔚蓝。

我用力摇晃他的上半身。我没有多少力气。我大汗淋漓地摇晃他的上半身。我不能停下来，我得把那些冷却的液体摇晃成微温的气体。当他在我的摇动下又呼出一口气，就像一个人终于把一辆墙边的破摩托车给打着火了。

我受到了惊吓，睡眠收拾收拾离我而去。我被单独留了下来，留在一个现场，留在一个无法把握呼吸的人的身边。他的呼吸不断地需要我的援助，他的呼吸需要我看守。我坐在他的右侧，身体呈直角。这是个能快速到达发生故障现场的姿势。从窗外看，我想从窗外怎么也看不出这是咋地啦。

　　整个一宿，他不停地突然熄灭，我用体力靠重复一个简单动作坚决地把他重新打着火。到后半夜，他就变成了铁皮的，一辆走一步就熄火的破摩托车。这破车的发动机好像一块冰。

　　我最终把他拖进了黎明。


　　我的丈夫吴连长，早上从卫生间出来，他已经认真地刷好了牙。脸也刮过了，腮部泛着青色。

　　我披头散发，坐在床上，坐在我抢险救灾奋战了一夜的位置上，我说你得找时间去趟医院，你昨天晚上差点牺牲在我的床上。

　　吴连长已经穿好了马裤呢军装，从头到脚没有破绽，没有一粒灰尘。他是个对衣着整洁计较的人。他说，耸人听闻。我从来不上医院。我没有病。去也是被抬去。

你呼吸偷停，像是在哪里给卡住了。你的呼吸系统有隐患。吴连长说你快洗脸去吧，我怎么看你像精神系统有隐患，吴连长说完就往外走，外面是早上7点多，早上7点多他得去上班。他早晚得上班去。

　　现在我看他的背影，一个完整的背影，一个挺拔高大的背影。他凶险的呼吸系统就隐藏在这个完美的背影里。

# 第一口水井

　　最先来到那口井边的，是我的母亲。她喝下井水，并不是自己渴了，而是我渴了。我是一片干枯的叶子，被风吹落在母亲的腹腔里。如果没有水，我就永远是一片干枯的叶子。而有了水，局面就不同了。一遇到水，我才知道我并不安心做一片干枯的叶子。我母亲知道我需要什么，她不断地给我运来清水，在我母亲的努力下，我很快成为一片绿色的叶子，并且在那些喝不完的水里像一条鱼一样游起泳来了。那口井，我们还没见面呢，它就开始帮助我了。我父亲此时也在那井的附近。他也喝那井水。父亲喝水，并不是父亲口渴了，而是我在作怪，使父亲不断地口渴。这时我发现我是两部分，一部分在我母亲那里，而我的另一部分在我父亲手里呢。他们俩聚在一起，完全是因为我在作怪。父亲和母亲忽然变得那么爱喝水了。他们各自喝水，但水来自同一口水井。他们俩为了我，都喝了那井里的水。然后，我得到了更多的水，一片绿色的叶子变成了两片绿色的叶子，两片叶子变成四片叶子……我的父母在那段时间整天围着水井转圈，商量着这事应该怎么办，后来他们决定把我的两部分放到一起，由我母亲来照看并继续提供水源，而我父亲好可以离开水井去把玉米种到田里。父亲去种玉米并不是父亲饿了，而是我饿了，要吃金黄的玉米。父亲说我现在虽然是绿色的叶子，但将来一定会变成一个人。变成一个人后，不仅仅要喝水，还要吃玉米。

父亲种的玉米很好吃，父亲种的大米也很好吃。那些米不单单好吃，还可以让我长大。当我的上肢已经能抱起一只肥大的猫，我的腿却还不能走路，这导致与我的第一口水井的相遇往后推迟了三年。

见到我的第一口水井的时候我已经四岁了。一岁的时候我没有来，两岁的时候我没有来，就算来了也记不住什么，那等于没有和我的水井见面。四岁的时候才蹒跚着来了，这导致我走近我的第一口水井用了三年的时间。

我已经有力气抬起那个倾斜的杠杆，并把自己的全部体重压到杠杆上，然后，我和铁杆一起下降。当我的脚落到地面上的时候，水管里流出了清水。水一出来，并没有落到地上。有个大肚子水缸准确地接住了那些水。水缸外面是金黄色的釉，里面也是金黄色的釉，水一出来就掉进了水缸里了，就像掉进了黄金屋里。水缸之大，足以把我淹死。我耗尽气力也不能把水缸压满。面对那个大水缸，我是多么渺小。我的胳膊腿是多么细弱。

　　和我同岁的小孩都能跑的时候，我只能蹒跚地走。连比我小两岁的弟弟都跑进夏天的深处去了，我往往走到水缸那里就停住了脚步。在一个炎热的夏天，拥有一个盛着冰凉井水的水缸，我感到我不需要别的东西了。夏天最凉快的地方就是水井边了，还往那小河边跑干什么呢？度过一个凉快的夏天用跑那么远的路吗？

　　那些跑到河边、跑到树林子里的小孩，不知道夏天的水缸是多么丰富多彩！他们错过了近处的风景。

　　最先进入我的水缸里来的是黄瓜和西红柿。黄瓜和西红柿，虽然被摘了下来，但是它们还不知道。有的黄瓜还很幼小，它们进了水缸以后，还保持着长在藤上的姿势，瓜蒂向上并且伸出水面。西红柿红了，它什么都懂了，它的蒂也朝上，并用自己巨大的身体把蒂托出水面。那可能是它的呼吸器官。从温热的空气里来到冰凉的井水里，它并没有乱、没有失去方向，仍然清晰地知道应该把什么朝上。大李子、西瓜进入水缸的时候，西红柿和黄瓜已经不来了，我妈说它们已经罢园了。罢园就是没有了的意思。我不怎么怀念西红柿和黄瓜，因为大李子和香瓜、西瓜更甜更好吃。香瓜、西瓜身上都长着花纹，它们显然是伪装得不好，不然为什么都被人发现了呢？秋天过后，我总结了一下：西红柿和大李子，它们最盼望被人吃掉，它们身上没有花纹，不隐藏在叶子里。为了被发现，还长成了红色；水缸中粉色的西红柿，应该像我最初的样子：圆润、漂浮在水里。没有方向、没有明暗、没有心眼儿、也没有敌人。所不同的，它在凉水里；我在温水里。我的头朝下，它的头朝上。

瓜果都是水缸里的过客，而原住民是一只葫芦水瓢。它一年四季漂浮在水缸里，没有人吃掉它。它不甜，也没有水分。我用它喝水，我妈用它舀水然后煮饭。我喝完一大口水，再用手指把它用力按下去。

一枚上个秋天成熟的葫芦，被从中间锯开。里面整齐地排列着葫芦的籽粒。它们生得像牙齿一样。一半放到米缸里了；一半，放到了水缸里。它们是一对双胞胎。从此再也见不到了。放到米缸里的一半，日子比较好过；放到水缸里的一半，就得会游泳。米里的那半，我不熟悉，因为我不煮饭；水里的这半，我和它几乎天天相见。水瓢漂在水面上，有时脸朝上，有时后脑勺朝上。我实在无聊的时候就和水瓢玩。我用手指按它，向下，把它完全浸在水里，然后数十个数，突然松手，水瓢会猛地跃出水面，然后在水面慌乱地跳两下。等它停下来，有时脸朝上，有时脸朝下。它要是脸朝上，我以为它高兴了，是笑了。不仅仅是它笑了，而是整个金黄的水缸都笑了；如果脸朝下，那是生气了，不愿意继续和我玩了。这时我就要结束和水瓢的游戏了。但水瓢那气鼓鼓的后脑勺我不能不处理一下。还是伸出我右手最长的那根手指，对准它的后脑勺，用力按下去，然后快速松手并离开。我不回头，因此不知道这次水瓢从水里跳出来后，是脸朝上还是脸朝下；是高兴得笑了还是生气了。我只听见身后水花爆响，听上去特别像水瓢在咳嗽。

# 格致工作记录本

## 格致工作记录

时间：2003年6月12日

上访方式：电话

上访人：老妇人（患心脏病）

接待人：格致（绿化科公务员）

上访内容：（电话笔录）

"我七十八了。一个人，儿子不在一块儿。我找街道四次了。他们说这个事你们管。我住江北小区十四号楼。有棵树的树枝挡了我的窗户。一刮风下雨，那些树枝就啪啪啪地打我的窗户，可吓人啦！我可害怕。我有心脏病。我都不敢睡觉。你们得给我解决一下，我七十八了，有心脏病。快点把那树枝弄走。"

她说话的声音，听不出多少苍老从容，倒是像精力过剩的中年妇女的窃窃私语。一边急切地说，一边还不放心地左顾右盼。我感到她跟我说的不是她窗外的事，而是她屋子里的事。她离那树枝太近了，近得不是拍打她的窗户，而是拍打她的脸。她一边急切地在电话里说着，一边躲闪着那在她眼前摇晃不定的树枝。她在控告树枝，却又怕被树枝听见，因此她说话的声音虽不低，但是那种告密、陷害别人的小心和紧张。我想她一定梳着一个瘦小的髻，穿着一件有折叠印的布衫。瘦，眼睛陷到眉骨下面去，闪着挑剔的光芒。

我给了她如下回答（我是绿化科的人，因此我要为树说话。但当居民同我的树发生冲突、争执的时候，我又不能置居民于不顾。必须认真处理、解决群众上访问题。所以，我首先做的是调节。看能不能大事化小、小事化了）：

"您老人家不是一个人生活吗？有一棵树站在窗外不是个很好的伴儿吗？那些树叶、树枝，春天绿，秋天黄，冬天还能看树挂，这是多么美的风景啊！再说那下雨天，树枝拍打窗子的声音，不比楼下市场的吵闹好听吗？下雨刮风的日子能有几天？逢上这样的日子，您就别睡觉，听听那风声、雨声、树枝声。就当它们在同您说话。您孤单一人，偶尔有些声音来拜访您，这不是还有些意思吗？"

我对自己调节树与人的矛盾的能力略为满意。我的话是多么的入情入理，充满诗情画意。矛盾的人和树，我几句话就能将他们变得互利互惠，谁也离不开谁。我信心十足地认为老妇人一定会照我说的去做，抛开对树枝的怨恨。在下雨的夜晚，端坐窗下，聆听风雨。

几天后，一个雨过天晴的上午，我的心情很好。我的好心情维持到老妇人打来电话，从她那湍急的打着旋涡的语速和吵架般的语气，我知道她不但对我的建议置之不理，而且已经跟我建立了基本的仇恨关系。她用十分强硬的语气坚决要求将那在她孤独的窗子上歌唱舞蹈的树枝驱逐。她说，我可有心脏病，我被树枝吓犯了病你们得负责。你们要不管我可有地方去告！

无疑，我的充满诗意的调节没能取得成功。老妇人没能进入我为她描画的生活。对我为她调好的进入生活的新角度没有兴趣。这样，我的树将面临灾难。

她为什么如此仇恨一棵立在她窗前的树？为什么一定要置它（至少是一根树枝）于死地？那棵不言不语的树已成了她的仇敌？老妇人若从我指给她的角度走树就是美

丽的风景，若从她的角度走树就是讨厌的障碍。她老了，什么力量也没有了，一切都离她远去。突然她发现窗外的树没有离开，并且还在向她逼近，既而她又发现了自己较一棵树的优势，她的愤怒里包裹着巨大的惊喜，又找到对手了，又找到生活的内容了。在与窗外树枝的较量中，她坚信自己一定能赢，因为她会说话。也许她照我说的去做了，但树叶树枝拍窗的声音，她怎么听都是死神催她起身上路：快走——快走——快走——她害怕死亡，一丝风吹草动，她都会心惊肉跳。或者，她已经死了，已经看不到一棵树的美好和美丽。她只看到了树叶上长了毛毛虫，顺着玻璃的缝隙爬进来。那小小的虫子也是死神派来的信使。她从小虫后背的毛刺上看到了死神码在上面的通知。我从她害怕一根美丽并充满生机的树枝拍打她的玻璃窗得出她已死亡的结论。她死了，并且坚决要求同窗外的树枝同归于尽。我对她的生命尽了力。我试图用一根绿色的树枝挽留她，但她不肯伸出手抓住。我的营救失败了。

我通知了老妇人所在街道的城管所长：在二十四小时内，将伸到老妇人窗前的那根树枝锯掉。

我是按规章办事。凡有树木或树木的局部严重干扰了居民的生活，只要居民上访，核实后，要对扰乱人的生活的树给予处理。

我决定赶在锯子的前面去一趟现场，我要看一看那棵树，看一看那根被判了死刑的树枝。

那栋楼是六层的，砖混结构。建筑时间不会超过十五年。但十分破旧。建筑时的匆忙、草率和粗糙都历历在目。窗子有的是铁的，有的是铝合金的，还有的是木的。这就是说楼刚建时是木窗，后来有了铁窗，一些住户就自费安装上了，再后来又有了铝合金窗，于是又拆了刚安上不久的铁窗，最后就弄成了一栋楼有不同的窗子，杂乱无章。谁也不考虑整体，都在想着自己的那扇窗子。

我看见了那棵树，它孤零零地站在那里，但枝叶繁茂，长势良好。那是一棵老榆树，数以万计的叶子在风中抖动。确有一根树枝斜伸出来，靠近了几扇窗户。那根伸出的树枝像是老树的一条手臂，它在同窗子里的人打招呼。如果砍掉这个亲近人类的手臂，大树就会像一个伤残的巨人，随时都可能摔倒。大树张开手臂，是为了在风中站得更稳。牢固地站立在我们身边的大树，会增强我们生活的信心。那根即将被砍掉的树枝靠近了几扇窗子，至少是两户人家。那另一户人家的居民其生命力似乎还旺盛，他们还没有脆弱到计较窗前的一根树枝。我猜测那木窗子一定是老妇人的。树枝在刮风的时候确能打到她的窗子，但从树枝的长度看也只是轻轻地善意地扫过，而形不成恶意的打扰。那些伸向老妇人窗子的树梢，是今年新生的，它们还十分稚嫩柔软。它们是一些幼童，对身边的窗子十分好奇。尤其想同那紧闭的窗子里的人做一些有趣的游戏。稚嫩的树枝想同一切玩耍。它于是努力地向窗子招手，并且轻轻地拍打着窗子：哈——哈——哈——，顽皮的树枝向窗子内的世界喊，可是老妇人对小树枝的召唤充耳不闻，并且惧怕它的声音。她将窗子死死地关起来，开始酝酿除掉小树枝的办法。而小树枝则试图伸进老妇人干枯的生活，抖落给她一些水珠。

第二天早上，我刚刚在办公桌前坐好，茶叶还没有完全舒展开，城管所长的电话就打了进来：那个树枝已于昨天下午四时锯掉了。我一边锯，那老太太还一边不停地诉说那个剧烈抖动的树枝的不是。

我翻开工作记录，在处理结果一栏写下如下文字。

**处理结果：**

那个树枝，那个长满了绿叶的树枝，那个想同人类玩耍的树枝，被认定有罪，并执行了死刑。它没有看到六月十八日的落日和晚霞。

# 第二章

## 花鸟

# 五 号 鹤

## 一、丁力说

很快，晚餐时间到了。从城市来到湿地，期待晚餐能和湿地出产密切相关。湿地有众多湖泊，湖泊里有众多鱼。本地朋友说这里是鸟类的栖息地，还有多种大型涉禽，心想今天是吃不上鱼了，鱼还不够丹顶鹤、白鹳、鹭鸶们吃。终于服务员端上来一盘川丁子。鱼很小，一盘盛下二十多条。这川丁子太小了，大鸟们嫌不够塞牙缝，于是落到了我们的餐桌上。我夹一条金黄的小鱼放盘子里，先去掉头（我不敢吃眼睛），然后去掉中间那根刺。本地作家丁先生见了说，这鱼可不是这么吃的。他夹起一条鱼，从头开始，一段一段吃了下去，并且什么都不吐出来。我看着他滚动的咬肌，说你吃的也不对。你应该向上伸一伸脖子，把鱼整个吞下去，不咀嚼。他说，我又不是丹顶鹤。

我来向海湿地，就是为了看一看丹顶鹤的。

丹顶鹤，最早在宋徽宗的画上看见过，一共二十只，盘旋在宫殿上，其中两只已落在了房脊的正吻上。据说这幅画来自宋徽宗午睡时的一个梦境。明天上午，我就能看见会吃鱼、能鸣叫的丹顶鹤了。让我意外的是，有人缩短了这个时间，他把我与丹顶鹤的相遇提前到了晚餐的餐桌上。

丁先生此前遇到过多次，主要是开会，会议上的发言一般几分钟。按要求把该说的话说完，一般没有情绪多说。以为他是个不爱说话的人，但是这个向海湿地的晚餐上，当丹顶鹤成为话题之后，他忽然变得反常了，他霸占餐桌上的话语权，用冗长的篇幅，极具感染力的语言，给我们讲了一个丹顶鹤的故事——丹顶鹤的爱情故事！

他说，多年前，向海湿地就有了鸟类救助站。有受伤受困的鸟，救助站会提供医疗和食物。有的鸟虽然翅膀受伤不能飞走了，但是它憋不住自己肚子里的蛋。丹顶鹤存只很少，全世界才有一千五百只。丹顶鹤的每一只蛋都异常珍贵。救助站开始人工饲养，并取得成功。一只只小鹤出生在向海湿地。慢慢的就攒了二百多只。这些人工饲养的丹顶鹤，可不知道什么叫迁徙。天暖和的时候，湖泊里的小鱼不比天上的星星少，随便吃；天冷了湖水结冰，饲养员阿姨阿舅会拎着一桶桶的食物来喂它们。冬天有暖和背风的鹤舍。为什么要离开这么好的家园，踏上那生死未卜的旅途呢？丹顶鹤又不傻。

在向海湿地，可不是只有这二百只丹顶鹤，这些是人工饲养的留鸟。这里是鸟类从贝加尔湖到南方迁徙路线上的一个重要中转站。一些鸟类选择在这里停留一段时间再继续往北或往南。有的选择留在这里度过夏天，秋天再去南方。因此这里的春秋两季是非常热闹的，是鸟的天堂。

有一年的春天，大批候鸟从南方飞回来，来到这里休息，补充给养，过些天要往贝加尔湖去过夏天。在这些过客中，有一只雄性丹顶鹤，在湖边吃鱼的时候，看见了一只雌性丹顶鹤。它觉得这只鹤优雅安闲，羽毛洁净，一尘不染，飞羽一根都没有折断。它不认识这只鹤小姐。不是和自己一起飞越千山万水来到这里的。每年南北迁徙的鹤群里的每一只鹤大家都认识。那种长途迁徙，需要大家团结起来，一起对抗风雨。因此，所有的鹤的眼里都是有风霜雨雪的。而眼前的这只雌鹤，它的眼睛里没有下过雨，只有蓝天白云，湖水芦苇，它简单得像一个童话。公鹤试着靠近母鹤，和它打招呼，母鹤没有不搭理它，也频频点头问好。两只鹤就好起来了。它们在湖边跳了一会舞，一边跳一边气喘吁吁地做着自我介绍。原来母鹤是这里的养殖鹤，它有名字叫五号。从来没有迁徙过，过着衣食无忧的生活。它也被这只饱经沧桑的公鹤迷住了。

4月的向海湿地，草芽刚出水面，水里的鱼儿不断地向水面吹气，水面一圈圈地喧响。硕大饱满的雨滴和鱼儿吹出的脆弱气泡，在湖面上拥挤着。五号鹤情窦初开，贝加尔（丁先生为叙述方便给公鹤起的名字）稳健深情。两只大鸟在湖边舞蹈了一天一夜，把从前世带来的话都倾吐了出来。那些倾吐出来的知心话，掉到脚下的湖水里，使湖水都上涨了，使湖水都热得烫脚了。两只大鸟互诉衷肠后，感到那么轻松快乐。它们把话说完了之后，就互相一遍遍对着蓝天和湖水喊着彼此的名字。

——贝加尔、贝加尔……

——五号、五号……

两只美丽的大鸟，说完了情话，就在明晃晃的月亮下私定终身，并连夜在芦苇深处，去年的枯黄而柔软的苇草上，搭建了温暖的巢穴。五号鹤用它灵巧的喙把苇草编成同心结。从此它俩开始了双宿双飞的幸福生活。

很快，它们爱情的结晶诞生了——两只晶莹、玉一样白的鹤蛋！它俩视若珍宝，轮班守候。不让风吹着，不让雨淋着。更不能让那四只脚的坏蛋发现了。

一个月后，它们的宝宝又一次诞生了。鸟类是要诞生两次的。第一次的诞生只是诞生的前半部分，它们从蛋壳里破壳而出，才最后完成了诞生。所以鸟类的出生，历时一个月左右，期间危险重重。

两只鹤从喜得贵子的惊喜中醒来，开始了哺育抚养小鹤。它俩两班倒。五号鹤上午出去觅食，贝加尔下午出去。到了晚上，经过两只大鸟的不懈努力，两只小鸟都吃饱了，两只大鸟也吃饱了。一家四口睡在柔软温馨的草窝窝上。四周的芦苇已经长高，高到贝加尔站起来，再伸长脖子，都看不见了。它们更安全了，在汹涌的芦苇的保护下，那凶恶的金雕也看不见它们了。

转眼，它们的孩子长大了。羽毛从幼稚的灰变成白色。又从白色中长出黑色尾羽和黑色飞羽。不看眼神，哪里都和它们的爸爸妈妈一样了。

小鸟长大，秋天也到了。中秋节的月亮，是它们一家在向海看到的最后一个满月了。下一个满月前，它们就要飞走了。

但五号鹤从小被饲养，没有体能支持长途迁徙。它也不懂为什么要飞走。不懂贝加尔向它描述的南方。它眼睁睁看着贝加尔带着两个孩子飞上天空，身影一点一点变小，最后成为三个黑点。

五号鹤从此举颈呆望南天，不思茶饭。后经工作人员多方开导安慰，才没有绝食饿死。最有效的一句话是喂食的小姑娘对它说的：你只有吃些小鱼，才能活到明年春天。明年春天，贝加尔会回来的。

五号鹤开始进食，熬过了漫长的冬天。第二年春天，草芽跃出水面的时候，大批候鸟从南方飞回来了。在这些风尘仆仆的候鸟中，有一只丹顶鹤，准确地找到了去年的鸟窝。它是贝加尔。

五号鹤犹如重生，与贝加尔在湖边重逢。它们来到去年的旧居，开始修葺。贝加尔清理窝里的淤泥，五号鹤衔来新鲜干净的苇草。它用灵巧的喙又编了好几个同心结。

一切都和去年相同：产蛋、孵化、哺育、小鸟长成大鸟，然后，秋天来了！

秋天来了。所有工作人员都紧张起来。他们为五号鹤担心。

9月末，第一批候鸟起飞，离开向海，向南方飞去；10月初，第二批候鸟起飞，离开向海向南方飞去。当最后一批候鸟迎着早上的轻霜飞向南方的时候，贝加尔好像忘记了迁徙，它还和五号鹤在湖边悠闲地吃鱼。

直到这个时候，向海基地的工作人员才明白，贝加尔不走了！它不能离开五号鹤！它要改变自己，从候鸟变成留鸟！

从此，贝加尔再没离开过五号鹤。它们在这里度过冬天，度过生命中的每一天。它们在向海这个鸟的天堂，过着幸福的生活！

带着这个美好的故事，我回房间休息，并且很快睡着了。我没能梦到丹顶鹤，更没能梦到五号鹤和贝加尔。它们太幸福了，无须我牵挂，因此不入梦来。

## 二、水田说

第二天上午，我们来到向海湿地的丹顶鹤养殖基地——鹤岛。上午十点，是丹顶鹤放飞的时间。

一开始，我站在鹤舍上面的山坡上。下面是一字排开的十几个鹤舍。每个鹤舍里有二十只左右丹顶鹤。鹤舍背靠小山梁，面向湖泊水草扶疏。这符合风水宝地的要件。怪不得这里的鹤，人丁兴旺。

一会，见饲养员打开了一个鹤舍的铁栅栏门。二十几只丹顶鹤从里面出来。然后，自动排成行列，飞上了天空。

鹤刚从里面出来，也是杂乱无章的。等一飞上天空，它们的双脚一离开地面，立刻就有了秩序，有了队形。看来陆地还是最安全的，最省力的，可以漫不经心的。而空中虽然蓝天白云，一望无际，看着无遮无拦，但有看不见的阻碍，在空中隐藏着。

丹顶鹤了解天空，所有有翅膀的鸟都了解天空。只有人类认为在天上飞是最轻松自由的。它们知道天空的规则，谁也不敢任性。谁也不敢单飞。面对天空，它们必须团结，相互支持，靠合作的群体凝聚力。它们生来懂得空气动力学。一行丹顶鹤飞上空中，最前头的那只，应该是最累的。如果长途迁徙，打头的鸟，应该是大家轮班的吧。

二十几只丹顶鹤，排成一行，飞上蓝天，又近在眼前，那巨大的翅膀，真是太美了。鹤类是最优美的鸟。它们站在那里不动都已经美得让人惊讶，再飞起来，扇动翅膀，那种美，简直令人晕眩。人间怎能有这样的造物！怪不得日本在丹顶鹤栖息地，冬天人工饲喂丹顶鹤，使丹顶鹤成为留鸟。日本人不能忍受丹顶鹤在冬天离开他们，哪怕一个冬天也忍受不了。

人工养殖的丹顶鹤就是有良心啊！它们飞出不到一千米，鹤在视线里刚刚变小，就在那里划出一道优美的曲线，开始往回飞了。它们不想飞太远。离开人的视线，它们感到不安全。远处有什么？远方是什么？它们都不想知道。它们只知道鹤舍温暖，脚下的湖泊里有成群的鱼儿。冬天结冰了，也有阿姨把新鲜的鱼儿送到嘴边，有这样衣食无忧的家，谁还愿意去那生死未卜的远方。

等鹤飞回来，就站在鹤舍前的空地上，与游客近距离接触。这些丹顶鹤并不躲人，愿意和人在一起玩。可能因为这些游客和每天照顾它们的饲养员一样，所以丹顶鹤把每一个游客都当成了好人。大家受宠若惊，忙着和天仙般的丹顶鹤合影。一只丹顶鹤就在我身边。我向它伸出手，手心朝上。那鹤在我的手心里啄了一下，竟然很疼。如果再用一点力，就会啄坏。我缩回手，那鹤不死心，追着我想再啄一下。它认为手心朝上是有食物给它。我转身就跑，它竟然追我。多亏周围很多人，鹤找不到我了才作罢。显然我的举动对鹤构成愚弄，鹤不明白，我为什么不给它吃的就逃跑了。这件事，会使它对人类的印象坏了一些吗？

除了看鹤舞、看鹤飞翔，我上午来这里是带着心事的。我靠近一位在游人中间照顾丹顶鹤的女饲养员，悄悄问她："哪只是五号鹤？"她戴着大遮阳帽，脸上包着纱巾，木然看着我，不知如何回答。她似乎是不知我在说什么，或感到我的问题很难。总之，她看了我一眼，木了一会，最终没有说出一个字，转身去追赶一只跑到外围的丹顶鹤去了。

也许她是新来的，不知道五号鹤的故事？五号鹤是多年前的故事，但鹤的寿命是五十到六十岁，五号鹤应该还活着啊！

就在我陷在人群、鹤群，试图与身边的丹顶鹤交流合影的时候，有朋友喊我，引见我认识了本地电视台的一位记者。他叫水田，曾拍摄过丹顶鹤的专题片。这个片子拍得非常好，在央视播出，引起广泛好评，尤其是使更多的人认识了丹顶鹤，知道了东北吉林的白城，知道了向海湿地。外地人、外国人都是通过水田的专题片知道东北的西北、白城的向海湿地，有一群美丽的丹顶鹤。

水田和我说他知道很多丹顶鹤的故事，愿意告诉我。我们站在鹤群里说了一会话，就开始往回走。和丹顶鹤的会见，是有时间限制的。在我们沿着湿地的木栈道往回走的时候，我问水田："五号鹤的故事，你知道吗？"

水田是新闻记者，他说话简洁、准确。作家丁力在饭桌上，口泛白沫讲了半个多小时的五号鹤的故事，水田用一句话就叙述完了五号鹤的一生。

水田说，那只野生公鹤，飞走就再没飞回来，五号鹤最后抑郁而死。

## 三、我说

现在，关于五号鹤的故事，有了两个不同的版本：作家丁先生的版本；记者水田的版本。

作家丁先生的叙述冗长而华丽，使用了诸多修辞。在丁先生的叙述里，五号鹤的故事一波三折，虽也经历了离别之苦，但结局，多么令人欣慰；水田的叙述简要而短促，对于五号鹤的悲剧，没有给听者铺设任何缓坡。我的心顺着水田的话轰然跌落了下去。

那么哪个版本更接近于五号鹤的真实命运呢？往往，使用语言越多的，离真实越远；使用语言越少的离真相越近。

从两位叙述者的职业来看：作家更长于虚构，而记者追逐真相。

从这两个角度一看，几乎是一目了然：丁先生虚构了五号鹤的幸福生活！

那么，丁先生为什么不顾事实，还理直气壮、激情饱满地虚构五号鹤的故事呢？

我们先来看看丹顶鹤繁殖地、越冬地和迁徙路线：

丹顶鹤的繁殖地主要有：黑龙江扎龙、三江平原、兴凯湖区、吉林北部向海湿地、辽宁双台河口、内蒙古东部、俄罗斯远东黑龙江流域。

丹顶鹤的越冬地：朝鲜半岛中部、中国江苏盐城沿海地区。

它们的迁徙路线有两条：

1. 扎龙—双台河口—环渤海湾—黄河口—日照—盐城。

2. 兴凯湖区—长白山东缘—图们江口—朝鲜半岛。

从上我们可以清楚地看见，鸟类的迁徙路线非常之长。旅途中存在诸多危险，有时还要飞越硝烟四起的战场。沿途有邪恶人类偷猎。有的国家有动物保护法，有的国家没有。有的人群善良，尊重生命；有的人群邪恶，随意践踏生命。20世纪90年代发生过农民使用农药毒死丹顶鹤事件。虽是误伤，但在丹顶鹤落脚的滩涂使用农药，不能说是无罪的。

丹顶鹤是忠贞的鸟，一旦认定配偶，则此生不变。那么贝加尔没回来就不是移情别恋了。那么，贝加尔去了哪里？它在第二年春天为什么没有回来？推测的答案就是它在迁徙的途中遇到了不测。最大的可能就是被人类猎杀了或误杀了。那么，猎杀贝加尔的人，同时也杀了五号鹤，还有此后没能出生的众多的鹤孩子们。

丁先生作为白城本地作家，他是了解丹顶鹤基本的习性的，也了解丹顶鹤的迁徙路线。他也知道贝加尔在迁徙途中死于非命。这是人类的罪孽。那么也就是每一个人的罪孽。每一个人都要为贝加尔的死负责。那么作为一个作家怎样对丹顶鹤的悲剧命运负责呢？

作家丁先生发现自己对此事无能为力，只能暗自叹息。之后他又发现，自己可以使用语言和文字，强行介入到五号鹤的命运中来。他可以用语言大幅度地扭转五号鹤和贝加尔的命运。世间事，最后都将在白纸上沉淀。他不接受水田的真相。他认为水田在这件事上毫无作为，任由悲剧发生而无动于衷，这是不对的。丁先生行动了起来，在五号鹤故事的废墟上，用沉痛的心培育出了一株茁壮的花朵。他穿越时间，强行介入，在他构建的故事里，五号鹤的悲剧不会发生。他不会让五号鹤抑郁而死，也不会让贝加尔在归来的途中被人类的子弹打中、被人类的毒药毒死。他用有力的手，慈悲的心，扭转了五号鹤的命运，并使之昭然于世。据说，丁先生在许多聚会上，讲述五号鹤的故事。他使用大量美好、温暖的语汇，使五号鹤的幸福生活，一次比一次更完美动人。所有丁先生的朋友和同他一起吃过饭的人，都知道了五号鹤的美丽故事。都觉得我们的人间多么美好。要做善事，让我们的生活像一首歌一样。丁先生在饭桌上给我讲述完五号鹤的故事后，他说，你名气大，你把五号鹤的故事写出来，拿到发行量大、级别高的杂志上发表，让更多的人知道五号鹤的故事。我被感动得立刻答应了。这么美丽动人的故事应该传扬。人类要向丹顶鹤学习啊！至此，我也加入到扭转五号鹤命运的行动中来了。我成了丁先生的帮手。我也是作家。我也运用丁先生的办法尽可能地把这个世界照亮。别让我们的孩子看见贝加尔的尸体，别让我们的孩子对世界丧失希望。在这个世界上，在尸体上，在废墟上，栽种花朵吧！

# 桃之夭夭

在我家的屋后，有几棵大李子树，还有几棵海棠树。它们应该是在我出生前就被父母栽种在那里的。因为我看见它们的时候，已经是爱开花能结果的果树了。我没有经历那种等待——从小树长到大树。看来在我出生前，我们家的生活早已经开始了，我只是一个中途的加入者。我父母驾驶着我们家这列火车，轰隆隆地行进着。等我持票上车的时候，我们家的这列火车早已度过启动阶段，正在平稳、沉着地行驶着。我是家里最小的孩子。我一出生，就来到了我们家的鼎盛时期。就像那些果树，在我没来人间的时候，它们就已经先来了，并且已经把发芽、生长的过程经历完了。等我睁开眼睛与它们相遇，它们已是繁花满枝、硕果累累了。

我们家的繁华盛世，不仅从大李子树、海棠树的繁花和果实上得到呈现，还从那棵桃树上细致地呈现了出来。

我家的屋后，除了大李子树、海棠树，北窗外还有一棵桃树。李子树和海棠离北窗远，桃树离北窗最近。像一个爱照镜子的女子，北窗的玻璃就是她的梳妆镜。也许刚刚被栽下的时候，它们都是在一起的，桃树开花后爱照镜子，桃树就一点一点挪，经过多年的努力，移到了窗子的近前。于是桃树从玻璃里看到了自己。

桃树开花的时候，北窗就被桃花挤满了。这样的美景，并没有谁多看一眼。也没听见谁对盛开的桃花歌颂一句。我爸我妈并没有在某一日召集我们集体赏花。总之那一树妖娆的桃花自顾开着，孤芳自赏着，而我们家的大人孩子也自顾忙着，谁也没有为一树的桃花停顿下来。等桃花谢了，我的目光在北窗停留的时间反而多了起来。那些绿茸茸的桃子，在我这个小孩看来，比粉色的桃花还要禁看。桃花简单，一眼就看清楚了，但层层叠叠的叶子和藏身其间的桃子，则让桃树进入了一个神秘时期。这时的桃树，有了景深，成为一个神秘通道的入口。

我不知道这棵桃树长在我家北窗外有什么不对。我一出生桃树就在那里。我没出生呢桃树也在那里。我看见桃树，就像看见后院的大李子树、海棠树，看见前院的柳树、樱桃树，它们是我家的一部分，和那三间草房子，构成了我的童年世界。

但是我的童年世界存在可疑部分。在北纬43度，桃树是不能存活的，至少是不能过冬的。但我们家的桃树存活了，并且过冬了。现在看来，那棵桃树是我童年世界里的一个奇迹。

这个奇迹是父亲一手创造的。桃树生长在关里，比较温暖的地区。我父亲感到东北太冷，他不想把孩子生在这么冷的地方，但是父亲又没有迁徙的能力。他就让一棵温暖地区的果树迁徙了，让一棵桃树来到我们的家园。我的父亲通过一棵桃树迷惑了他的孩子们，尤其迷惑了我。我不记得童年有多冷，只记得那些在冰上的游戏，记得春暖花开，记得桃子甘甜。那棵桃树的存在，使我的家和邻居迥然不同。使我的童年和别的孩子产生了重大区别。我的童年，比别的孩子多出了一种水果，多出了一种生活的滋味。

那棵桃树是父亲栽的。可能是在父亲第一个孩子出生之前就栽好了。那是父亲给予他的孩子们的一个弥补，弥补把我们生在了这苦寒之地。

父亲的桃树有着特殊的造型：它的所有树枝都朝向西方，树身像被强劲的东风压得抬不起头的样子。桃树是弯着腰的。然而这一切都和东风没有关系。这里厉害的不是东风，而是西北风。如果桃树是因为环境而呈现弯腰的形状，那么它应该向东南弯腰才对。这棵桃树是向东南弯腰还是向西北弯腰，这要由我父亲说了算。我曾亲眼看到父亲是怎么对待那棵桃树的。

父亲用草绳把桃树一道一道地捆好，然后在树的下面挖坑——父亲总是习惯在树的西面挖坑——然后把捆好的桃树一点一点地压到那个土坑里去，然后我父亲就开始往树上填土，直到把整棵树埋进土里。我父亲把那么大的一棵桃树给活埋了。父亲总是在秋天把桃树从头到脚埋到土里。这等于给桃树穿了一件大棉袄。等冬天来了，大雪一层又一层地把埋桃树的土包盖住，这等于在棉袄的外面又给桃树穿了一件雪貂皮大衣。让一棵树钻进土里冬眠，这是父亲的思维。我不知道还有谁会这么做。

第二年的春天，在某个风和日丽的上午，我父亲会小心地把睡了一个冬天的桃树从土里挖出来，摇落树枝上的土，再把土坑填平。这时我才明白，我父亲去年秋天的埋树是为了让桃树度过东北吉林寒冷的冬天。李子树、海棠树、杨树、榆树……几乎所有的树，都不用埋，都能过冬，只有那棵桃树，冬天需要在土里冬眠。而且它不会自己钻进土里，每年都得我父亲帮助它。我父亲从来不会忘记在秋天把它藏入泥土，从来不会忘记在春天把它从泥土中唤醒。那桃树因为被埋了一个冬天，出来后，还是那个冬眠的姿势，所有的树枝都朝着一个方向，弯着腰。样子有点像我家东院的那个大嫂。可是这样弯腰的一棵树，在春天，还是照常开花、结果。秋天结出的桃子能把树枝压弯。我不用摇晃那树枝，一伸手就够到了桃子。

在我老家，那个松花江边的小屯子，只有这一棵桃树。这棵唯一的桃树长在我家的院子里。因为只有我父亲有耐心在深秋把桃树埋好，在春天不忘把它挖出来。

天底下可能只有这一个父亲有这样的耐心和智慧，饲养一棵这样娇贵的桃树。

因为别人家没有，桃子成熟的时候会多么让人眼馋。每年都要丢失一些桃子。丢桃子事件一般都发生在晚上。这样的事发生几次后，我妈就有了对策，她赶在别人来摘桃子之前，在傍晚的时候，会摘下一整筐桃子。那些桃子，大部分还是绿的，但成熟了。那是我此生吃过的最好吃的水果。长大后，城里水果店的桃子又大又红的，可是没有我家屋后桃树上的桃子好吃。那上面的桃子，长得并不大，而且阴面的桃子熟了还是绿的，却不影响这样的桃子好吃，那么绿还那么甜。在我们家，判断桃子成熟与否，不看桃子是否红了，而是用手捏一下，软了，就是成熟了，就是不拒绝牙齿和咀嚼了，就很甜很好吃了。有谁吃过还绿着却已熟透的桃子？那种味道，不是可以描述的。

每年的秋天，我家的北窗台上，会摆着一排排粉红色的桃核，那是我和姐姐放在那里玩的。等它们在风里干透了，互相磕碰的声音非常悦耳。

在桃树还繁花似锦、硕果累累的时候，我的父亲却死了。

父亲死在一个春天，那棵桃树在父亲已不在人间的那年春天，仍忍住悲伤，顽强地把桃花开了出来。秋天，在那个没有了我父亲的秋天，桃树仍忍住悲伤，把桃子挂满枝头。那年的秋天，我吃到的桃子依然是甜的，依然是好吃得无法描述。仍然有一排粉红色的桃核摆在北窗台上，进出的风吹拂着它们……

我不知道那年秋天的桃子，是我最后的桃子了。

冬天的时候，我看见桃树还站北窗外的寒风里，几片红色的叶子在抖动；下雪了，桃树上挂满了雪花；起雾了，桃树上挂满了冰花。

　　第二年春天，李子树开花了，樱桃树开花了，海棠树开花了，父亲的桃树终于没能忍住悲伤，在第二年的春天，它一朵花也不肯再开了。

# 红花　白花

　　父亲留给我的是几个片段。在中学的那些命题作文里，我已经把父亲的片段写得所剩无几。现在，我剩下了最后一个。在最后一个里，父亲呈一盒骨灰的形状。当父亲由一个人变成一盒灰尘的时候，我不知道要为这种形态的变化而哭泣。我沉浸在三年1班的一个舞蹈节目里。那个舞蹈由六个女生来跳。商老师挑选了我。我们三个一组，两组分别从舞台的两边一起往舞台的中间跑。跑到中间我们会合，然后我们用身体编织成很多图形。我们的跑不是普通的跑，那是舞蹈的跑。胳膊和腿的动作已经跟舞台下的跑拉开了很大距离。如果谁在舞台下那样跑就是精神病了。我是右侧那组的第一个。我要掌握速度、节奏、与对面跑来的一组会合。我是右侧那一组的旗帜，因此我在那个舞蹈里的位置是很重要的。

我们在商老师的指导下已经排练了一个多月。我们的每一个动作都达到了商老师的要求。为了万无一失，商老师还把一个班的二十几张课桌拼在一起，为我们搭起了一个舞台。我们一直是在地上跳舞的，而演出的那天，是在高高的舞台上。我们都没有上过高处的舞台，因此商老师怕我们害怕，于是她利用课桌为我们搭建了一个。我们在这个舞台上又跳了好几次，直到对高于地面的舞台适应了为止。我记得那些木桌在我们的脚下被踩踏得发出咚咚咚的声音。木桌下是空的，我们的脚就像十二个鼓槌在不停地敲。有了这些声音，我们都不需要伴奏了。

商老师是下乡知青，她给我们弄到了北京的小学课本，还教我们唱最新的歌。她编的舞蹈也好，这样我们的舞蹈就被选中参加公社的一个会演。一个公社有十多个小学。每个学校都拿出一两个节目来参加会演。我们的舞蹈节目是代表学校的。

到了汇演那天，早上醒来，赫然看见就在我身边的火炕上，有一大堆扎好的小白花。白花很小，只有我的拳头那么大。这些白花昨天是没有的，它们是在我睡着的时候出现的。我还看见，在那堆纸花的那边，坐着好多人，她们是我们家的邻居或亲戚。她们的手还在工作，纸花还在继续增多。我们家为什么需要这么多白色的纸花啊？它们的数量多得快要把我淹没了。我没看见母亲在哪里，也没看见家里的任何人。我早晨醒过来就看见了邻居的女眷们坐在我家的火炕上在扎纸花。她们围坐在那里，只有手在动，没有人说话。屋子里静得像一个默片。

那堆白花让我惊骇了一下。如果是一朵两朵，我不会惊骇。它们是上百朵，集合在一起。它们已经团结得很有力量了。我是一睁开眼睛就看见这些白花的，它们离我睡觉的位置是那么近，我在穿衣服的时候，甚至都碰到了。

那么多白花一起来到我的家里，来到我的视野里，它们不可能不侵略我，只是在一开始，我还不知道它们将用什么方式袭击我。虽然它们在那里一动不动，但我已经隐隐感到它们的攻击性。我快速穿好衣服，不洗脸，不吃饭，我要去学校。虽然那堆白花给了我一个惊吓，但是我还是按照原来的计划，按照商老师的计划。我不认为那堆白花有力量改写我的今天。它们怎么拦得住我？我从那堆白花边走过去，从低头不语的扎花人身边走过去，我来到厨房。厨房都是水蒸气，那里面也有很多人。我想母亲应该就在那些白云一样的水汽里。我看不见她，她也看不见我。我的母亲也被大团的白色围困住了，她出不来。母亲没有学校，没有一个要演的舞蹈等着她，因此她不必出来。那个即将演出的舞蹈，给了我勇敢和力量。首先我突破了那堆白花对我的包围，然后我又突破了能困住母亲的水雾的包围，我蹚着水汽走过厨房，来到了院子里。院子里还有很多人，都是男人。他们都不说话，默默地干什么或站着。我没有受到阻拦。在从屋子里到大门口的道路上，我没有看见我们家的任何一个人。我顺利地来到了大门口。除了那堆白花、那团水汽，我没有遇到什么障碍。

那天是星期日，学校里看不见什么人。走进三年1班教室的时候，发现我还是来晚了。那个六人舞蹈的其他五人都已经到了，并且已经化好了妆。每人的头上戴着一朵硕大的红花。那红花有向日葵那么大。

那样的红花一共有六朵。两天前，在最后一次排练的时候，商老师已经把那红花给我们戴过一次了。那一次戴的时间也不长。等我们的舞蹈一完，就被摘下来收在一个纸盒子里。商老师怕我们碰坏了。那花是纸做的——纸做的花太爱坏啦。我们也愿意让老师把那花保存起来。我们谁都不愿意那花在正式演出之前有一点的破损。我们都珍爱那朵红花。那么大的花平时是不能戴在头上的，只有舞蹈的时候可以。而舞蹈仅仅是生活里的一个瞬间。我们都珍惜那个可以戴着红花的瞬间。我们只是六个，而有多少个女孩没有这个瞬间。我们班就有二十多个女生，她们没有被选中，她们没有红花，没有瞬间。

我进门就看见老师身边桌子上有一朵孤零零的红花，那朵红花是我的。除了商老师在等着我之外，还有这朵红花也在等着我。我的那五个同学顶着五朵大红花，像顶着五盏红灯，我觉得教室都被照亮了。我现在仍记得商老师在那个早上看见我时说的一句话，她说，我就担心你来不了，然后她呼出一口长气。她一边把这句我记了三十年的话说出来，一边就开始给我化妆。她化得很快，先往我的脸上打一层粉，再把脸蛋和唇涂红，然后把眉毛和眼睛涂黑，基本就化完了。我记得她把我的脸弄好了后，向后退一步，歪着头看了看，最后，她转身把桌子上的那朵大红花系在了我的头顶上。我们的舞蹈是很热烈的舞蹈。为了防止我们的红花在跳跃的时候掉下去，商老师把红花下面的线绳与我们的头发捆在了一起。这样无论我们跳多高，怎样拼命地晃动我们的头，那花都是牢固的。只要我们的头发不掉下来，只要我们的头不掉下来，那红花就掉不下来。教室里没有镜子，但是我不用看镜子就看见自己是什么样子了。我们六个女生，已经是一样的了。看见了她们我就看见了自己。

到那朵大红花被戴在我的头顶，商老师的所有准备工作就做完了。接下来我们应该出发了。我们的学校离会演的公社礼堂相距四公里。我们得走过去。我觉得当时应该是6：30左右，走一个小时，7：30我们应该能到了。稍休息，到8：00，那会演就应该开始了。

我们已经从教室里走出来了，我记得是在操场上看见我姐姐的。我的姐姐比我大七岁。那她就已经十七八岁了，跟我们的商老师年龄相仿。我记得姐姐没说话，她抓住我的胳膊，另一只手拽掉了我头上的红花，扔在地上。我头上的红花是很牢固的，但是再牢固它也打不过一只手。姐姐的手又愤怒又悲伤。这样的手是比平常的手有力量的。姐姐的手在一瞬间就摧毁了商老师的所有防御。红花带着我的几丝头发飘落在了地上。这时，我的头发没有了束缚突然散开了，早春的风立刻就吹过来了。我的头发在风里混乱得不成样子。我的那些头发，原来跟那朵红花都是一伙的，它们在风里像是伸出了很多只黑色的手。但是手再多，也抓不到那朵落在地上的红花了。姐姐不说话。姐姐用手说话。她的话就那么有力气。商老师不敢说话。商老师的手现在毫无用处。她的手忙了一个早上了，建设了一个早上，现在，商老师的手累了。她再也没有力气建设什么了。姐姐的手没有遭到任何阻挡，然后她用衣袖擦我脸上的红色。她擦得是那么不小心，我的脸和嘴唇在她粗暴的抹擦下是那么疼痛。

我的哭声早就响起来了。在那个早上，命运安排我必须哭。我躲都躲不开。姐姐用有力的手把我身上的红色都去除干净后，拽着我的一条胳膊把我往家里拖。我一定是不愿意回家的，我一定是把力气都用在了回家的反方向上。但是姐姐比我大得太多了，她太有力气了，她高中都毕业了。我怎么是她的对手。姐姐的手是那么有力，我的反抗是那么不起作用。我一路反抗着哭着。家里的情况跟我走时是一样的，还是那么多的人。我一路被姐姐拉回来了。我是什么时候开始哭泣的？应该是头上的那朵红花被拽掉扔在地上的时候。我的哭一直在持续，到家院子里的时候还没能结束。我们家的那个早上太安静了，所有的人都不说话，所有的话都是那么低。当我被姐姐拖拽着来到这个安静的院子里的时候，我就听到了我自己的哭声。我的声音是那么大，成为那个早上我们家唯一的声音。但是，那院子里所有的人，所有的听到了我的哭声的人，都认为我是在哭我的父亲。只有我知道我在哭什么。只有姐姐知道我在哭什么。但是姐姐什么也不说，她只负责把我从一个错误的位置上纠正过来。姐姐是我的命运派来的。他们是一伙的。命运那老家伙看见我不听他的，就及时地派姐姐来了。如果她晚来几分钟，我们就走了，我就能走到命运之外。可是这样的事是不会发生的，不然谁还怕命运那东西。他可怕就可怕在他在该来的时候一定会来，不会迟到。

我试图从父亲的葬礼上逃走，但是我失败了。我像一个越狱失败的囚犯，我将面临更长的刑期。

母亲端给我一碗饭。在那个有蓝边的瓷碗里，有一半大米饭，一半豆腐。那天的碗一定不够用了。母亲一定是听到了我的哭声。不然，在那么多人的家里，母亲是怎么知道我在哪一个角落？我饿了。这个早上，从我睁开眼睛看到白花开始，我消耗了很多力气。到我哭泣的时候，我已经不剩多少力气了。我哭了一路，在院子里还在哭，我找到一个角落坐下来继续哭。那个六个人的舞蹈，剩下五个人应该怎么跳呢？那是个由六为基数构成的一系列动作、造型，五怎么来完成？缺一不可，是什么意思？六是双数，六好搭配。六完整。六多好。五是单数，单数在变化队形的时候就会出现缺口。那样有缺口的舞蹈是不好看的，是可笑的。在排练的时候，老师没安排替补队员。我们一个萝卜一个坑。在所有的排练时刻，我们都是一个都不少的，只有到了会演的这天，我出了意外。我使那个已经完美的舞蹈出现了一个巨大的缺口。

其实，阻拦我的不是我姐姐，而是早上一睁眼就看见的那堆白花。那白花数量太多了，有上百朵。而我的红花只有一朵。我的红花像一个惨败的英雄，倒在了学校的操场上。

# 木本爱情

买桃树苗的时候，我脑子里出现的是桃花，没有出现桃子。这说明我栽种桃树是审美需要。桃花是我的目的，至于桃花后面出现的桃子，那是审美向实用的延伸部分，我没期待，也不关心。我甚至不愿意看到桃花后面出现桃子。我不愿意美丽惊人的桃花竟然不是目的，不是终极，而是一个过渡，一个中间环节。我在院里挖坑、浇水、栽下树苗，我的每一个动作都和实用功利没有关系。我的每一个动作，都在为与桃花相遇铺设道路。

桃树在东北三省是无法栽种的，主要是那个寒冬。雪线拦住了桃树，但拦不住桃子被运送过来。我有桃子吃，却看不到桃花。桃花不在东北。春天四处遇到的是杏花和李子花，而桃花在空泛的歌词、王母娘娘的后花园，还有武陵渔人的一次梦游里。杏花、李子花是人间市井，桃花通向仙境。我的身边没有桃花，我的视野里看不见桃花，我在杏花李子花的市井里深陷，我需要桃花来搭救我，使我脚踩人间，头颅略略升高那么一点。

没有桃花，我的生活还不够完美，也就不够幸福，但转机在三年前出现了。那天我在乌拉大集看到卖果树苗的小贩，我的院子里需要栽种果树。院子里只种菜、种草本花，看着缺乏立体感、缺景致。当我买了海棠树、梨树、李子树后，卖树苗的人说了句：我这还有桃树。我立刻问了一个关键性问题：桃树在这里能过冬吗？他说这个是耐寒品种，能过冬。我决定相信他。我要尝试，万一能过冬呢？那不是补上了我的窗外的遗憾吗？那不是被搭救了吗？我立刻买了两棵桃树苗，并做记号，别和其他树苗混淆。树苗都没长叶，所有的树苗都差不多，无法分辨。回来一棵栽在西厢房东窗前，一棵栽在西厢房的北窗外——我竟然把两棵树分开栽。最初的想法是让桃花在我的院子更多的地方开放：一棵照亮我的东窗，一棵照亮我的北窗。三年后，我才知道我做错了。

桃树活不活要第二年的春天才见分晓。结果我栽的两棵桃树，在第二年的春风细雨里都长出了桃树细长的叶子——我的桃树度过了它生命的第一个寒冬。它考试合格了。接下来它将所向无敌。第二年只长叶子，长枝条，不开花。开花最早要第三年。那么我的桃树开花，我要等待三年。这是自然规律，着急也不行。

　　第三年的春天，就是2020年。此时我位于桃树第三年的夏天。植物是有自己的生物钟的。第三年的春天，果然桃树开花了。花蕾也是细长的。当我发现那是花蕾而不是叶子的芽孢时，感到这个春天我得救了。这个春天和以前的所有春天都不同了——这棵开花的桃树，位于我的东窗，东窗开满了桃花。我每天都查看花蕾的成长，把旁边杏树的侧枝剪掉，为桃花的开放腾出空间。杏树也三年了，树长得很大，有桃树两倍大，却不开花，表现得比桃树还矜持。我为桃花忙了一大气，忽然想起了我的另一棵桃树，忙赶过去查看。它的位置在西厢房的北侧，树的西侧和北侧只有铁栅栏围墙。西北风很厉害。这棵树明显长得小。看看叶子长出来了，却没有孕育出花蕾。这两棵树买来时是一样大小的。我看了看西侧空旷的原野，没有建筑为这棵桃树挡风，冬天这里也更冷。这棵桃树能度过冬天，已经用了它所有的力气，到了春天，已经没有余力孕育花朵了。那几片叶子，是它的呼吸。至此我才后悔没把它栽在西厢房的前面，这样房子可以给它挡住寒风。我想到秋天把它移栽一下，移栽到已经开花了的桃树旁边。这样想好了之后，给它把根部的草除掉，就继续关注那棵开花的桃树去了。

大概一周之后，桃花开了——粉色，比杏花大许多，颜色也更深。我的院子终于有桃花了！杏花李子花颜色浅淡，轻烟一样。我需要桃花的深色，帮我稳住心率。我给桃花拍照片，发给朋友看，发给家人看。我把我的喜悦分了许多份出去，但我满怀的喜悦仍然不见减少。但乐极生悲啊，福兮祸所依，就在我觉得生活如此美好的时候，我去查看另一棵桃树。我发现它在春天长出的几片叶子，竟然都不见了，这棵桃树竟然在春天死了！它是熬过了两个寒冬的，在春天长出了叶子的，却在另一棵桃树开花的时节，慢慢枯萎，离开了人间。主要的是离开了我。离开了这个院子。我已经想好，秋天就把它移栽到房子的前面来，下一个冬天它再也不用对抗寒风了。身边有伙伴相伴，长冬也是容易过的，但是它却没坚持到秋天。那么，这棵树就不是冻死的，是别的更复杂的原因，让它丧失了继续活着的力气。它感到被轻视和遗忘了吗？我后悔不该把它栽种在那么恶劣的环境里，后悔我要在秋天移栽它的想法，只是存在我的心里，我没有说出，没有对那棵桃树说出。我如果站在它的身边，告诉它，等到了秋天，就把它移到房子的前面去，和它的伙伴在一起。下一个寒冬，有房子遮挡西北风，就不会冷了，这棵桃树是不是就会怀着希望，继续活下去？卖树苗的人，说这是耐寒品种。小贩是没撒谎的，它确实熬过了两个寒冬。除了耐寒，它对其他的打击的承受力却是弱的。或者寒冷加上孤独，是它无法克服的。小贩没有说它能耐孤寂。

我只有一棵桃树了。看来美好的事物，一个人不能占太多。我有一棵桃树就该满足了，想多一点都不能。如果你多了，你会做错一系列事情，然后失去。那剩下的，才是你应该有的数量。死去的那棵，转世应该还是桃树。它去另一个人那里，被小心呵护，有房子或围墙为它遮挡冷风，或者那里根本就没有寒冬，是个四季如春的地方。关键是新主人每天都看看它，长叶了没有？开花了没有？关键的，它的身边是它的伙伴，大家一块长大，一块开花，互相赠送花粉。

如果第一年就死了，我不会难过，那是因为它承受不住寒冬。它挺过了两个寒冬，在第三年的春天突然死去，这里边的原因令我自责。是我做错了，不然它现在和它的另一个伙伴一同开花了——"月夜一帘幽梦，春风十里柔情"，也许这两棵树是姐妹或夫妻，在苗圃里，它们就长在一起。当被我买走时，又幸运地没有分离，但没想到被我栽在两个互相看不见的位置。它们不知道都被移栽到了一个院子里，以为天涯海角，再不能相见。我每日自责，特别难过。一个月后，上天给了我一点安慰。那棵窗前的桃树，花谢了后，结出了果实。现在，在那些叶子的保护下，小桃子在安静地成长，有拇指大小了。

每一个小桃子都是一粒种子，那棵死去的桃树，可以选择一颗种子来投生啊！可我怎么知道哪一只桃子里坐着它的魂儿呢？

# 侧枝的悲伤

　　住进这个院子第二年的春天，从姐姐家移栽了十几棵大李子树、几棵杏树。这些树可不是小树苗，在姐姐家已经生长了两年。移栽得很成功，基本都活了。本该开花，但因为移栽重创了树木，都只长出了树叶。它们的根被切断，得慢慢把根上的伤养好。受这么大的伤哪还能开花呢？长出叶子是为了呼吸，而开花是繁殖。繁殖需要更多力气，那得是无伤无痛才能做到的事情。等下一年它们就能开花结果了。但是意外还是出现了，这导致这些艰难活过来的果树，哪棵也没能开花，甚至连叶子也被劫掠。

　　秋天的时候，我和樱儿去乌拉大集准备买些豆子——红豆绿豆黄豆黑豆。还没走到卖豆子那里，我们先看到了一对小山羊。小羊很小，刚刚断奶，叫声奶声奶气。我一看就迈不动步了。我蹲下摸小羊，小羊妈妈妈地叫着——它们这是管我叫妈呢。我母爱泛滥成灾。小羊瘦得皮包骨头，显然卖羊的人不肯给小羊吃好一点——这里的农民都是很穷的。其中一头小羊还长了个黑脑袋；另一头小羊脑门长一个顺时针的旋儿。两只五百块钱，我们不买豆子了，买了豆饼和玉米，我们要把这两只小羊喂胖胖的，让它们过上幸福的生活。

山羊长大之后，除了长胖，还长了能耐，能从羊圈里跳出来。等我发现的时候，它们已经把我的果树的叶子吃光了。那些移栽成活的果树，本来就没长几片叶子，哪够羊嘴的席卷。羊第二次从圈里跳出来，没有树叶了，它俩就啃树皮。吃树皮是对树木的杀戮行为。树活着，一靠根，二靠树皮。树皮是树的血管。这下子果树都死了。羊养到一岁的时候，找来镇子里清真寺的阿訇，请求让羊往生，不然院子里将寸草不生，不能种菜，不能种树。阿訇让我们把羊送到寺里，得在那里才能往生，不能在别的地方。

养羊是畜牧业，种蔬菜是农业。农业和畜牧业在一个小院子里还是发生了重大冲突。我必须二选一。我得选择农业啊，已经依赖农业好几千年了。我原想把羊养成宠物，这样羊可以在农业环境里找到生存理由。怎奈那羊并不按照我的想法生长，最终长成和我的农业环境对立的样子。

　　第二年的春天，院子里没有羊了，又成了植物的天下。我栽种了很多菜苗：茄子、辣椒、西红柿、豆角、秋葵、芹菜……一天我给西红柿打侧枝，意外发现去年被羊啃死的杏树，从根部发出了三条侧枝新芽。叶子带着红尖，偷偷地在草丛里长出来了。那样子小心翼翼的。我大喜，虽然是从主干上长出的侧枝，但树根没死，这几枝新枝会快速长大。我立刻清除了周围的杂草，给新枝以生长空间和阳光。让它们大大方方地生长，告诉它们不要害怕，羊已经往生了，再没有谁来啃树皮了。

　　一年，长到半人高，再一年，长到一人高。等把那棵桃树栽在它身边的时候，杏树有一人多高，两岁了。等到今年桃树开花，杏树就是五岁了。看到桃树开花，我光顾着喜悦了。等桃花谢了，结出了好几十个毛桃，我安心地等着了。我的内心安静、稳定，不焦虑、不着急。一棵开花结果的桃树，稳定住了这个院子里的气场，连同我也一同被稳定住了。可是有一天，我忽然意识到，杏树为什么不开花？它长得比桃树大一倍，年岁也比桃树大两岁。就算不结果，它总该开花吧？

这些侧枝，被主干告知，外面有羊，要小心。也许它们目睹了羊啃食主干的残忍过程，它们被吓到了。它们拼命长高，长很多叶子，很多分支。从下面看，它们不是一条主干，而是两条。这两条主干长了不到三十厘米，就又分支，成为四条主干。它们长出这么多主干，是为了对付羊的。它们不知道羊往生了。它们也不相信羊往生了。它们的一切生存策略都是按照有羊存在周围而制定的，包括推迟开花，长出很多侧枝。对于这棵曾遭遇重创的杏树，开花繁育不是第一位的，活下去，对抗住羊，才是第一位的。它的注意力都在险恶的生存环境上，性成熟被推迟。它的全部精力用在生存、防御。开花再说吧。死过一次了，能活着就很好了。开花结果，那太奢侈了，我没那么好命。那得天下太平，天下没羊。

我期待这棵杏树能在安稳的生存环境里，慢慢清醒过来。看见身边的桃树，在做开花结果的事情。认识到羊真的往生了，可以开花了；世界和平了，没有危险了。那场浩劫过去了。

我要给杏树多一些时间，我期待明年。我不着急，等着杏树从噩梦里醒转过来，看见一个适合开花的春天。愿意这样等着。

# 花　蒲　扇

　　2008年9月25日，在遥远的以色列，十五万人参与了选择国鸟的投票。这些普通民众的投票占票数的百分之七十五，还有诗人、国家公务员、专家等投票占百分之二十五。共有十种本地鸟进了候选名单。最后是戴胜鸟脱颖而出，以较高票数当选以色列国鸟。

　　戴胜鸟获胜的理由有这些：美丽、尽职尽责、能照顾好自己的后代，还有戴胜对配偶忠诚，雄雌鸟共同抚育后代。

　　当戴胜鸟第一次出现在我的院子里的时候，是2015年春天，此鸟担任以色列国鸟已经七年了，而我孤陋寡闻，并不知此事。见两只花鸟飞进院子，欣喜异常。我是在平原长大的，除了麻雀、燕子、乌鸦、喜鹊，再不认识别的鸟。只要不是麻雀、乌鸦、燕子、喜鹊，都令我欣喜不已。仿佛我的世界变大了。我的世界真的变大了。我原来的世界里只能放下麻雀、燕子、乌鸦、喜鹊。现在，两只不认识的花鸟飞了进来，如果我的世界不够大，那么花鸟是飞不进来的。我从它的尖嘴和有限的关于鸟的认识判断，它是啄木鸟。我也没见过啄木鸟，但啄木鸟名气很大，是森林卫士，是好鸟，被作为正面形象广为宣传。我从它的长嘴和头上的冠子做出判断。啄木鸟的两个最基本的特征，这鸟都有，可这啄木鸟性情有些怪异，为啥热衷于在我的菜地里疾走，而墙边就有好几棵榆树，它作为一只啄木鸟，为啥不在树上找吃的？为啥不在树干上咣咣地敲击？后来我在一个电视片或图册上看到了这种花冠子鸟，原来此鸟有个莫名其妙的名字——戴胜（特别像人名）。我不知它为啥姓戴——可能是音译。我国人民并不满意这个名字，因此我们给它起了好几个名字：花蒲扇、臭姑姑、山和尚、鸡冠鸟、胡姑姑。在这些名字中我喜欢花蒲扇和山和尚。我可是见到戴胜飞起来，飞得不高，似乎还很吃力。但一飞起来，翅膀上的花纹就展开了，而这一展开，就特别好看，像个花蒲扇。山和尚的名字从它羽毛的颜色而来，黄色带褐色横纹，是不是很像袈裟？还有就是此鸟不善飞，不能在飞行中捕食，而是善走，在地上捕食。一边走一边头还一点一点，像和尚念经。

落在我院子里觅食就不能叫山和尚了。这是平原，应该叫花蒲扇。院子里的狗，斗败看见它，就要扑过去，它吃一惊，飞起来，一朵花蒲扇就在院子里的空中打开了。狗不吓唬它，它是不肯飞的，是不肯变成花蒲扇的。当鸟飞起来，狗也仰起头看半天。

去年春天，菜地被我用锹翻开黑土，打成垄，花蒲扇就来了。我的铁锹是扩大了百倍的鸟嘴。它用长嘴翻泥土，哪有我的铁锹效率高。它见我把土里睡了一个冬天的虫子都翻上来晒太阳了，就带着它的配偶来了。这还客气啥呀。两只花蒲扇，一前一后，在地垄间疾走寻找。从外形我看不出这鸟的雄雌。几乎一模一样。一会，小狗就发现了它们。狗对移动的物体高度敏感。狗视这个院子是它的私人领地，不允许任何人、任何鸟、任何鼠兔进来大摇大摆地找吃的。小狗不吃菜地里的虫子，但它不吃搁那也不让鸟吃。在它的领地找吃的，这种行为令狗很生气。我从窗子里看见，两只山和尚从地垄中突然升空，在半空打开翅膀，成为两只花蒲扇。而扑了个空的小狗，仰着脖子很无奈。也可能我的小狗也是个有审美的小狗，它发现这鸟飞起来很好看，就把它们赶到空中，开出两朵褐色的花。

　　整个冬天我不知道花蒲扇怎么过。我不在这里过冬天。书上说戴胜住在树洞里。我这院子挨着城墙，上面有很多古树。古树就爱长树洞。它们应该住在附近的老树上，或者城墙上的乌拉草长得很厚，在那里做窝比树洞暖和。乌拉草在从前是垫鞋的。冬天用乌拉草垫鞋，不冻脚，因此乌拉草御寒能力强。我觉得这两只戴胜会住在城墙南坡的草丛里。我每年春天回来，用锹把我的菜地翻一遍土，然后准备种各种瓜菜。这时候，两只花蒲扇就出现在院子里了。我看见它们，知道过去的那个寒冬，它们成功地度过了。

　　今年我来得晚，五一才来。我又看见了戴胜，是一只。我的心忧虑起来——是过去的那个寒冬，要了其中一只的命？剩下的这只可能是雄鸟，雌鸟一般没有雄鸟强壮。连续好几天，我都看见一只戴胜在菜地里疾走，低头找虫子吃。我上网查了一下：说戴胜孵蛋在4月至6月间。东北纬度高，那么孵化应在5月。那么另一只在窝里孵蛋？那只鸟也越过了冬天？那么暖和的乌拉草，那样众多的乌拉草，怎么能不帮助它俩一起度过冬天呢？每年都是4月我来乌拉院子，那时戴胜还没产蛋，所以我看见两只鸟出双入对。到了5月，一只鸟孵蛋了。另一只出来找吃的。它俩轮班，可能是这样的。最好是这样的啊！

转眼就到了6月，我栽的菜都开花了：西红柿、茄子、辣椒、秋葵、冬瓜、苦瓜、丝瓜、面瓜……我最忙的时候过去了。我把书桌放到南窗下，外面就是院子。我坐在书桌前就着窗外的风景写点文章。我总是从窗子往外看，因为外面太好看了，心思无法集中在写字上。风景尤其是我亲手缔造的风景让我分心。我赞美我自己能干。菜种得好，不照农民差；我还种花，种很多种，赤橙黄绿青蓝紫，使整个院子特别接近美好的人间；还有几棵大榆树站立在墙边。一架秋千从一树枝上垂下来；栅栏外是乌拉明代古城的土城墙。上面乌拉草茂盛，人已经很难走进去了，应该只有鸟迹兽迹，而无人迹了。

忽然，在我的窗下空地上，我看见了花蒲扇。这里是大树下面，虫子多。地上的草我清理得不彻底，也招虫子。我看见了两只花蒲扇！狗在院子的另一侧睡觉，这里是狗那个位置的视线死角。两只鸟在我的视线里停留了很长时间。我坐着不敢动，因为离得太近了。我能看见它们，它们也能看见我。我不动它们还以为我是一尊塑像，是屋子里的一个摆设。

这是今年我第一次看见两只戴胜一起出现在我的眼前。原来，那只雌鸟没死，那可怕的事情并没有发生。5月它在孵蛋啊！5月它果然像我想的那样在孵蛋啊！这太好了。如果真的死了一只，剩下一只可怎么办呢？人间这样的事常有，并且人类很有办法应对。而鸟不能寡居，它们不知道怎么办。有的鸟失去伴侣，也只好去死了。所以当我看到两只戴胜的时候，真是把悬着的心放下了。原来世界没有恶化，没有在我目光不及的地方发生悲惨的事情，两只鸟都好好地活着呢。

我一动不动往外看。这一看，我还真看出了些异样。我发现一只行动敏捷，不停地把尖嘴插到土里、砖缝里找吃的。另一只则跟在后面，基本不找吃的。它好像不饿，或不会用尖嘴找吃的。终于我看到那只走在前面勤劳的鸟找到了一条虫子，它折回来，把找到的虫子递给后面的鸟，两只鸟嘴对嘴传递一条虫子。我惊呆了。这是干什么？从体形大小看，一般大。那个不觅食的鸟也不像它的孩子啊。我猜后面这只是它的配偶，是雌性。前面的那只是雄性。我曾养过鸡。大公鸡在食物面前是让母鸡先吃的。甚至会叼着嘴里食物，紧走几步，来到母鸡跟前，再吐给母鸡吃。但公鸡不会嘴对嘴喂，它把食物放母鸡面前的地上。戴胜是不是也是雄性喂雌性？我不知道，资料上也没写。我猜测的另一种可能就是后面那只被喂的鸟是它长大的孩子，虽然会飞了，但不太会找虫子。那么前面的那只鸟就不一定是雄鸟，也可能是雌鸟。它在言传身教。一边教孩子怎么找吃的，一边喂它？

就在我还没有定论的时候，就在我眼前的一切还没能好好归纳的时候，小狗斗败跑过来了，前面那只飞起来，越过篱笆，落到外面的土城墙上了，而后面这只不飞，也不怕狗，狗也没看见它。从这一点分析，这只没飞跑的鸟，应该是今年的小鸟。它初生牛犊不怕虎。看见狗也不害怕。它可能是此生第一次看见狗，因此不知害怕。它刚好走进草丛中，狗也没看见它，没发生狗继续追咬的事件。它继续在墙根那走走停停的，也不低头觅食，也不着急飞走，好像心不在焉。那5月孵化，到6月，小鸟就长得和成鸟一样大了吗？也不对。也有可能不飞的这只就是雌鸟。刚把小鸟孵出来，一个月没出来了。说一孕傻三年，鸟也如此。孵完了小鸟，也不会觅食了，也不知道躲避大狗了。总之我无法定论，两种可能都有。我眼睁睁看见一只大鸟嘴对嘴喂另一只大鸟。

以色列人喜爱戴胜，我国人民也喜欢。唐朝诗人贾岛就写诗赞美戴胜鸟：星点花冠道士衣，紫阳宫女化身飞。能传世上春消息，若到蓬山莫放归。

此鸟到了乌拉街，我也不愿意让它走。我有办法留住花蒲扇。我的院子不用农药，长许多草，虫自然就多。虫多了，花蒲扇就来了。它把我的院子当成食堂饭馆，饿了自然就来用餐。虽然有狗，但时间长了，花蒲扇也就不害怕了。院子里的狗，吃得饱，并不想吃鸟。基本不会吃活食。因此叫几声，扑一下，游戏而已，把花蒲扇当好玩有趣的东西了。在狗眼里，花蒲扇不是食物，是玩伴。在我眼里，花蒲扇也不是小鸟，而是我的邻居。它们偶尔到我的院子里来转一转，带给我的意义非凡。鸟的神经敏感，鸟感到人感觉不到的危险。鸟在，昆虫在，则一切安好。这让我觉得世界还稳着，那些看不见的支撑还在，风吹草动我都安之若素，心里不慌。

# 鸟　临

南窗是落地窗，窗外是阳光凉棚，再往外是铁艺围墙。围墙的外面，是乌拉古城明古城的一段残墙，夯土结构。建围墙的时候，我也想把这段古城墙圈到我的院子里来，把它据为己有。思量再三，终觉不妥。于是买来树苗栽上（城墙上允许栽树，不允许种菜）。

见去年栽的几棵杏树，已经一人高了，明年就能开花结果；前年栽的一棵李子树，今年用力开出一树白花；今年春天栽下的几棵丁香尚年幼。我用了三年时间，利用三种开花的树，逐步占领了这段城墙。我坐在窗下，看我用心布置好的风景：窗外城墙上的小树在风里点头哈腰的，像在向谁请教什么。秾李的清香透过纱窗飘进来，使我手里的一杯茶，也有了微苦的花香。

我正对着窗外的风景发呆，猛然就听到"高、高"两声大叫。声音嘶哑、没心没肺。声音离我特别近，几乎吓我一跳。定睛细看，见正对窗子的城墙上，一只野鸡，正站立着扇动翅膀。这里是平原，方圆多少里不见山峦。我的院子因为靠近城墙，城墙上有百年古榆和非常茂盛的乌拉草等植被。城墙西头又有松花江支流路过，这些形成了一个类似山野的小环境，这才引来了野鸡。我惊喜复惊喜，因为长这么大没有近距离看过野鸡——准确地说没有看过活着的野鸡。多年前有人送过我一对，不过野鸡送给我的时候，它俩已不能大叫，闭着眼睛闭着嘴，死去多时。我和野鸡的首次见面，它们是作为食物来到我的面前。我惊叹完野鸡羽毛的艳丽，就将它们放到了冰箱里，冻了三个月之后，终于没能对有着如此绚丽羽毛的食物下口，最后送人了事。我很纠结，认为野鸡更应该被看而不是被吃。我试图找人把那对野鸡做成标本，放在家里的木几上，让它们的羽毛继续活着（我已经无法挽救它们的生命），但在我认识的人里面，没有一个人会制作。现在想起颇后悔——我为什么非得执着于做成标本呢？我把那些羽毛拔下来胡乱做成个鸡毛掸子，不是一样可以让那些羽毛活着吗？因此我没有听过野鸡大叫。没想到羽毛华丽用色大胆的野鸡，叫声如此粗犷不讲究，声同莽汉。"高、高"，还声嘶力竭，像吆喝什么。如果有个姓高的人路过，会以为这野鸡在喊他。野鸡好像看见了我，我呆坐不敢动，让它以为我是屋里的一件家具。俄顷，觉得四周没有可疑之物，被它呼唤的姓高的人也没出现，野鸡甩了甩头，继续低头找吃的。

我发现野鸡是用嘴来翻动泥土，找里面的小虫子吃。我想它也许一会儿就会用脚刨。家鸡就是用脚刨开土，然后在里面找小虫子吃。两只脚七八个脚趾，刨开的面积大，发现虫子的概率要高。家鸡野鸡都是鸡，行为也应该接近。结果，野鸡在我的窗外觅食的一两个小时里，一直用它的嘴刨土，一次也没使用脚。这说明什么？说明野鸡傻呀！看来家鸡的智商要高于野鸡。家鸡和人类一起进入了农业文明社会，家鸡虽然没进学校上学，但家鸡年年月月和进化的人类在一起，耳濡目染，怎么也得有点进步。

这只来我家窗外觅食的野鸡是一只雄性，因为离得近，我把它看了个仔细：最醒目的是它的脸，是红色的。而且这红色还不是羽毛，而是鸡冠子的那种组织，长在眼睛周围。眼睛上面一片，眼睛下面一片。眼下的这片还像冠子一样下坠着。而它的头顶则没有冠子，全是黑绿色的羽毛。尾长，有五十厘米长吧。沙色，上有黑色横纹。然后是野鸡脖子，有一圈刺目的白色羽毛，白色下面是绿色。有一种蛇，叫野鸡脖子。我没见过，估计是颜色特别鲜艳的蛇。野鸡的脖子红白绿，对比度非常高的颜色堆在一起，像有剧毒。翅膀褐色，有白色羽缘。翅下及向后部分，是灰蓝色。后背羽毛沙色有环纹。身体与脖子衔接部分，毛色红亮，闪闪发光。腹部沙色，是全身最含蓄的部分。

野鸡它吃一会儿，就要大喊两声：高——高——每次都是两声。而且，一定要在鸣叫的同时，站立起来，用力扇动两下翅膀。这只野鸡在我视线之内大概停留了两个多小时。它隔一会就要"高、高"地大叫，每一次叫都伴以翅膀的扇动。它不断地重复这一程序。野鸡一直是正冲着院子"高——高——"，猛然想起这院子的原主人姓高。这野鸡怎知道这院子里的主人姓高？它和这高姓人家有何渊源？城墙很长，为何在这段觅食？觅食为何要大叫？为何要站立起来扇动翅膀？这野鸡不寻常，大有来历啊！觅食仅仅是它今天来到这里的任务之一，它的任务之二是寻找一个姓高的人。野鸡用任务之一掩护任务之二。它来此处的主要目的，是要寻找一个姓高的人。野鸡在城墙上呼喊了两个多小时，那姓高的人也没有出现。

我实在忍不住了，就在玻璃的后面自言自语：别喊了，姓高的搬走了，到城里打工去了。给他妈治病欠下了债，院子卖给我了。我不姓高，我姓赵。你有啥事和我说吧，我有老高家的电话。或者，我可以把电话号码告诉你……

# 批 评 家

　　布谷鸟从我的院子上空掠过，落到房后的大榆树上，最低的位置是蹲在电线上。它知道"居高声自远"，知道落到地上，再说话就没人重视了。离地三尺有神明，它处在神明活动的区域里。六一那天，那么多的鸟都来到我的院子里，布谷鸟都没有来。它独来独往，不食人间烟火。它整这么一出，是为了领导田野里躬耕的农民。布谷鸟5月就来了，从我的头顶，忽然就大声告诉我：布谷、布谷。我不用它告诉也知道要往土里埋种子。它总在高处发出指令，电线上、树上。它的声音像来自天庭的转告。有权威性，不容置疑。

　　我在后院子种了黏玉米。我和家人朋友都爱吃黏玉米，因此种得多一些。我在耕种的时候，薄弱环节是给地打垄。我打的垄不直，拐几道弯。手里的镐头像是被泥土里看不见的力量拉着，就是不走直线。一条垄歪了，接下来的就都得歪，像波浪一样。等苗出来，发现苗也不齐。有的地方苗没出来，形成空白。我看着地里的空白内心不安。我有强迫症。阴雨天，就把植株长了两棵或三棵的苗移出来一棵，栽到空白的地方。等都补齐了，直起腰，发现腰疼得要折了一样。移栽的要经历缓苗，自然就被别的苗落下了，长得小。看起来就是大大小小，高高低低。垄呢，还歪歪扭扭。想做个合格的农民，也不是那么容易的。

我一个写字的人，在纸上栽种的人，把玉米种成这样，本来已经原谅自己了。心想那谁谁谁还不会种呢。我虽然种得不整齐，但到秋天是会结出玉米的。因为不用化肥、农药，我种的玉米好吃得很。可是冷不防，头顶传来两声大叫：布谷——布谷——吓我一跳。这还没完，接着就是两声大笑：哈哈哈、哈哈哈——我第一次听到布谷鸟大笑！布谷鸟竟然会笑！

有十多天了，布谷鸟光临我的院子上空，在大叫两声布谷之后，紧跟着就是哈哈哈、哈哈哈，两声不客气的大笑。我以前从来没听到布谷鸟还会发出笑声，这鸟也成了精了!

我特别生气。种玉米不是我的专业。你布谷鸟看惯了附近农民种的整齐的玉米，横平竖直的地垄。看到我歪歪扭扭的玉米垄和长得大小不一的秧苗，就那么大声地嘲笑我。你就没看见农民不爱除草，大量地往玉米地里打农药吗？我的玉米地里的草，我都是用手薅的。这样一比，各有优点，各有不足。你杜鹃为啥只嘲笑我？再说作为杜鹃，你有资格嘲笑任何人吗？你懒得连蛋都不孵，我可是用自己的奶喂大了我的孩子。自己该干的活儿不干，却天天监督天下人干活儿。站在高处，大声说话不腰疼，脸皮不是一般地厚。我挥舞纱巾驱赶，我不用你嘲笑我、鞭策我。我比你强多了！哪凉快上哪去！

那些天，布谷鸟天天在我头顶哈哈大笑。我不理它。我对自己很满意。我低头种我的菜，种歪了也是我的劳动成果，让布谷鸟在高处笑话我去吧！

布谷鸟在我的头顶大笑了十多天后，不笑了。只发出布谷的叫声就不再出声了。我想这是为什么呢，它知道省察自己了吗？知道自己没有理由嘲笑别人了吗？原来几场透雨之后，我的玉米快速、几乎是一夜之间长大了。矮小的也长起来了。那地垄已经被叶子层层挡住，看不见了。

原来我的可笑之处被长大的玉米遮盖住了。鸟从空中往下一看，一片茂盛的玉米。在这一点上，不比农民的差。我看比院墙外那块玉米地的玉米还大一些，我的玉米已经封垄了。再过一个月，就会长出娇嫩的红缨来——那是玉米开花了。

# 镇　痛

　　五岁或者几岁，我的左脚拇指上长了一个水泡。民间认为手上脚上长那种水泡是危险的，后果是严重的。父亲抱着我去大队的卫生所处置。

　　父亲是从不抱孩子的。他哪有工夫抱孩子？60年代，70年代，一个基层的大队书记的工作量有多大？那时是集体所有制，父亲以及他领导的工作班子是脱产的，那样也忙到在家里几乎看不见。父亲每天都是半夜才回家。上面总有指示下来，指示一下来，父亲就要着手落实。落实是那么容易做到的吗？落下来一架小小的飞机，你就得给它准备出一个飞机场。母亲每天都半夜给父亲开门，我们几乎没有跟父亲共进晚餐的记忆。父亲回家的时候，我们已经睡了。每天，只有早饭是和父亲一起吃的。所以，在一个上午，在一个父亲应该工作的上午，他抱着我，去大队卫生所。这件事我不可能忘掉，这太稀少了，稀少到只有那一次。

父亲有很多个孩子，就算他不工作，他也是抱不过来的。抱孩子归母亲，可是母亲要煮饭啊，还有，那时候商店里是没有成衣的，只有布，母亲要给一家人做四季的衣裳。开始就用手工，后来有了缝纫机，母亲就每天把那台蝴蝶牌缝纫机弄得咔咔咔咔地转动。我们的新衣服就都在那个像小雪橇一样的压脚下面一段一段地出现了。还好，母亲在结婚前，就把做衣服做鞋的技术练得很好了。她还练就了绣花的本领。可是，生活起来后，母亲绣花的技术在实际生活中没有得到运用。生活太粗犷了，母亲所携带的细腻生活准备在现实中找不到对应的位置。母亲不停地怀孕，不停地生育。我们像父母生产的肉罐头：装罐、封口、从传送带上滑下去、进入冷藏库。母亲也没有时间抱孩子，她的手总是被日常劳动占用着。唯一有希望把我们从冷藏库救出的是祖母。可是我们的祖母，她也不爱抱孩子，她爱到生产队去劳动。父亲劝也不行，祖母就是爱劳动。这一爱劳动的习惯，直接让她活到了九十岁，最后寿终正寝。外婆在母亲没结婚时就去世了。爷爷、外公也都不在了，这就导致我们没有人来抱。

　　父亲抱着我去一公里外的诊所，这件事早已成为我一生中的重要事件。至今为止，还没有哪件事的意义可以超越之上。所幸的是，我非常完整地记住了那天的一切：包括天气、季节、路况、植物、父亲的举手投足。这个重要的事件，在十年前我就意识到了。算这次我已经把它在白纸上写了两次。1999年，就是我刚拿起笔的那一年，我就把它从记忆录入到了纸上。几年后，我读高中的侄儿，告诉我，那篇叫《红花　白花》的短文已经被收录到高中课本的辅助读物里。我的侄儿，是我弟弟的儿子，就是父亲的孙子啊。他们是没见过面的啊。他们互相还不认识。我的正在读书的侄儿，有一天他突然就在他读的书里，见到了他的祖父。侄儿放假回来的时候，把这个意外的见面告诉了我。我想，这是我应该做的，我有责任让我的父亲见到他的孙子，让我的侄儿见到他的祖父，让一家人互相认识，让一家人团聚。这是多么有意义的一件事啊！我是多么高兴啊！《红花　白花》的文章只有一千多字。一千多字是写不清楚我和父亲的那个上午的。因此，父亲和他孙子的首次见面，因为篇幅的局限而没能尽兴。我需要很多个字，我需要很多个一千字，然后我安排父亲和他的孙子第二次见面。

　　从诊所回来的时候，我就一直在哭。医生他一边跟父亲说话，一边就用一把剪刀，剪开了我脚上的水泡。他敷上药又包扎上了，可是那痛已经跑出来了，医生是包不上的。痛分身成无数个，把我团团围住。父亲一边抱着我往回走，一边着手处理我哭泣的问题。父亲是善于用语言来解决实际问题的。父亲的语言系统是依据解决大人的问题建立起来的，当他面对女儿哭泣的问题时，他可以使用的语言我想应该不是很多。他一定是重复着一两句哄孩子的话，因此，父亲的哄劝因为词语的单调而收效甚微。我还是哭。不停地哭。因为我周围的痛都很邪恶顽皮，它们不停地骚扰我。父亲是个很有办法的父亲。他连土地都能改造，连水田都能种成功，他领导着那么多的人民，他当然有办法平息我的哭。有一个简单的办法是可以一下子控制住我的哭的，那就是声色俱厉，或者打我两巴掌，但是我的父亲是不肯那么做的。他是多么自信。自信到从来不使用暴力，不使用暴力词语，那不是他的方式。如果他那么做了，那他就不是我的父亲了，那他就是别人的父亲。

　　——我父亲的方式挽救了我们的父子关系。

　　——他也挽救了我与这个世界的关系。

——挽救了我与异性的关系。

——他的方式几乎挽救了我的一切。

现在，看看，父亲是怎么挽救我的：父亲感到语言不起作用，感到我比他工作上的一个邪恶的对手还难对付，他就想找到帮手，找到一个辅助工具。他抱着我还是走在回家的路上，路上都有什么呢？路上有正在开花的李子树。路边也有正在开放的小野花。父亲看到这些花朵之后，他就找到了帮手。他一只手抱着我，一只手就向那些花朵伸过去了。他先微微侧弯，尽可能不让我的头倾斜，他够到了地上的几朵野花。他把野花递到我的手上，一定还说了几句赞美小花的话。我的注意力的一部分从脚上的疼痛上移，移到了我的手上，我的手上开出了几朵花。我的哭声肯定是弱下去了。我是个很容易被新东西引上歧途的小孩。父亲见花朵对我有效，对止痛有效，他就想加强一下，这是他的工作作风，把一件事弄干净利索。他向路边跨出了一大步，这样就来到了一棵正把花开得雪白的李子树下，他伸手就掰断了一个小嫩枝，那上面的花，是一串。花心还是绿的。那些香味，像麻药一样通过我的呼吸进入了我的肺，然后进入血管。这时候，我的脚就不疼了，我就忘记了我还有脚。我就不哭了，我哭的依据没有了。我应该笑，可是我肯定没笑。我不是那种能在两种对立的情绪里迅速穿梭而不磕绊的人。我安静了下来。这就很好了。安静是哭和喜悦的中间地带。但是我也是能用安静来表达喜悦的小孩。安静就是我的最好状态了，大哭和大笑都不是我常用的表情。我安静就说明我对世界很满意了。

我的手里，接过的最早的花朵，来自父亲——那第一个送给我鲜花的男人，是我的父亲。

父亲有效地解决了我的哭之后，他就没事可做了。这时他就用一只手，从左胸的衣袋里抽出了一支烟，还是用那只手把烟点着了。父亲在吐出烟雾的时候，把头向一侧扭过去，他怕那些烟会呛到我。我们回家的路还剩下一小段，我专注地看手里的那些花，父亲悠闲地抽烟。当父亲的那支烟吸完，我们就到家了。

# 白布上的芍药花

## 刺　　绣

刺绣是母亲十六岁开设的一门功课，督导是我的姥姥。我的地主姥爷对这一学科也给予了必要的重视。他坚定地阻挡在我母亲上中学的道路上，其目的就是让女儿回到家里，将那还空白的白布绣满花朵、蝴蝶或飞鸟。每个女孩都坐在家里绣花，只有我母亲的那些白布上还没有一朵花。以去省城读中学为由就可以让那些该绣满花朵的白布空着吗？你总得完成自己的那一份作业。

被阻挡了去路的母亲坐到了木格子套窗下，白而纤细的手指捏起了一根细长闪亮的绣针。木格子套窗半开着，芍药花在院子里怒放。花朵是粉色的，间或有白色的。母亲的手指在那一管笭丝线里游移，在水粉、深粉、玫瑰粉上举棋不定，最后，她捏起了那团深粉色丝线。我母亲的手指的这一抉择是非常正确的。那五根手指，尤其是拇指和食指，也许还包括中指，同时意识到了一个词语——时间。它们用一个深色给予了这个词以基本的敬畏。深色，是深度，是十万大军，它们在穿越时光的道路时，会有重大伤亡。它们必胜的信念来自自己的无穷数量。深色是数量庞大的物种，天敌的利爪或牙齿，只能使它们跑得更快，跳得更高，飞得更轻盈。

那团被选中的丝线，立刻就身负使命。它必须肩起把一朵明天就可能凋谢的花移植到白布上的重任。从泥土到白布的迁移，犹如捧着一满碗的热汤从厨房到餐桌，小心翼翼是起码的。不能改变花的颜色，汤不能溅到地板上；不能改变它开放的姿态，即使烫了手指也不能把碗扔到地上，手指要坚持；要让这朵花在没有水、没有土的白布上、一个新世界上，不知不觉地继续开放，并使之永不凋谢，尽可能长久地鲜艳下去。母亲的手指和目光都隐在木窗的后面，这一移植行动，绝不可以让院子里、阳光下的花朵知道，不然，谁能保证那朵被选中的花不扭捏出一个恶俗的姿态。

母亲坐在窗前的刺绣是对花朵转瞬凋谢的有效补救，是对关东漫长严冬的精神储备。姥爷家有菜窖，爷爷家也一定有。谁家会没有菜窖呢？菜窖里储满了过冬的白菜、土豆、萝卜……这是大人在秋末冻土形成之前必须做的，而关东的少女们，则在白布上储备了整个冬天开放的花朵。这可比挖一个地穴式的菜窖要耗时费力，因此这一工作也许从春天就开始了。

暴雨突然而至，花瓣在雨中挣扎，最后死在污泥里，而母亲面前白布上昨天刚绣好的几朵芍药花，像几个在暴雨来临前及时找到了一个有雨披的屋檐的小女子，她们的衣服没有被淋湿，头发没有散乱，连脚上的鞋子都没有溅上一丁点的泥水。它们不像是躲过了一场大雨，而是躲过了一场直指生命的浩劫。

## 哭

我母亲的哭泣能成为一个事件并在整个少年时代占有一席之地，主要依赖于母亲哭得绵长持久，在跨越常规之后又走了很远。她哭了整整一年。如果母亲的少年时代是从十岁到十九岁，那么这一哭泣事件就占了十分之一。

这一比例实在是太大了，实难忽略，而且母亲哭泣的理由也十分地充分，足以将这个哭泣事件支撑住一个整年——三百六十五天。

这一长达一年的哭泣事件发生在母亲十五岁的时候，也就是她拿起绣花针的头一年。也可以理解为我母亲为拒绝绣花针而进行的个人的消极的反抗行动。我母亲的哭泣在我的地主姥爷的威压下，不可能发出太大的声音，但她可以哭得悄无声息、绵长持久，可以用哭泣的长度来弥补哭泣声音的微弱。

夏天，母亲坐在凉席上继续着她的哭泣，院子里忽然的阵雨，使母亲的沉闷溽热的哭泣透进一丝凉爽；秋天，母亲坐在大柳树下哭泣，南去的大雁从头顶飞过，抛下吭吭的两声大叫。母亲的哭声没能干扰它们翅膀的扇动。它们飞得平稳、有序，看上去不累。

在母亲看似没有终点的哭泣的间隙，我的姥姥试图引导女儿绣绣花，做双鞋，试图用这些有益身心的手工劳动，把女儿从哭泣的泥淖里拖拽出来。当母亲拿起那枚细小尖锐比一支钢笔不知要轻了多少的绣花针的时候，已经是第二年的春天了。当她低下头准备把我姥姥所说的刚开的芍药花刺绣到一块白布上时，她发现她看不见手里的白布，更看不见手里的针，至于我姥姥所描述的开在院子里的灿烂芍药，我的母亲认为根本就不存在。不仅是那些花朵不存在，而是什么都不存在，在我母亲的眼前出现了大片的黑暗。她们视觉里的景物是如此不同，为此她们母女发生了争执。我的姥姥透过玻璃窗又看了一眼开得嫣红一片的花朵，突然就对我的母亲有了警觉……

## 芍　药　花

在我的地主姥爷家房子的东侧，有一个很大的菜园。那里边种着黄瓜、辣椒、西红柿，香菜、白菜、黄花菜。它们绿油油的，开着黄花。在菜地里，在那些绿油油的可食用的蔬菜的里边，也有一簇芍药花。这就使姥爷家的那片菜地，成为儿童作业本上的一道题：黄瓜、香菜、西红柿、芍药、油菜。问：上述词语中哪一个跟其他不是同类? 答案：芍药。

芍药站错了队，在大片的菜地里，它遗世独立。它采取高傲的态度面对众多的异类。它拒绝与白菜的叶子交谈，不理会香菜的频频致意，对黄瓜媚俗的花姿不看一眼，更谈不上有什么共同语言。

芍药扎根在菜地里，推开四周蔬菜的喧哗，然后专注于自己灿烂的开放。它计较每片花瓣打开时的速度，最后呈现的姿态；计较光线的角度，以及天上云朵飘过时打在花瓣上的暗影；它再三斟酌每片花瓣上颜色的浓淡，不忘归纳总结评价每片花瓣在形成一朵完美的花朵的过程中所起的作用和所做出的贡献。

黄瓜、辣椒还有西红柿，它们无可奈何地开着自己的小花，在芍药艳丽逼人的硕大花朵面前，它们做了最后的挣扎：在细小的花朵的下面，它们暗藏了一个更为细小的果实。当芍药艳丽的花瓣在夏风中纷纷飘落的时候，黄瓜、西红柿……就在这个时刻，突然拿出了自己翠绿或红艳的巨大果实。这个果实的大和它们当初花朵的小是触目惊心的。如果没有仇恨和执着的报复，它们怎么能长得那么大，那么鲜艳？它们的春天才刚刚到来。

芍药同蔬菜的不同是本质上的，它们的价值观不同。

在菜地里，芍药就应该被铲除，如同在那串词语里芍药代表的花朵应该被删除一样。它不是蔬菜，拿不出果实，叶子花朵亦无食用价值。这样的题大部分的孩子不会做，他们还很幼小，还不能越过花朵看到后面的事情。这是人类引导自己的孩子进行简单的世俗思想的第一道训练题。

## 灵官阁和保宁庵

从木格子套窗向院子里望，我的姥姥看到了花砖墙边的几簇高大的芍药。这些芍药确实已经开放了。那大团的粉色，在阳光下，在不到五米的距离内，是醒目的。我十六岁的母亲，同我的姥姥处在一个位置上，她的视线不应该同她的母亲差异太大。比如她的重点也许不是那些晨露中的花朵，而是偏左侧砖墙上砌出的镂空的花边，或者是右侧厢房屋檐下正在窝边对飞出去持迟疑态度的一只小麻雀，总之，她只要是睁着眼睛，她就应该看到些什么，但事实是我的母亲的眼睛确实是睁着的，可她却什么也看不见。她把她的这一奇怪感觉告诉了身边的我姥姥。

我的姥姥先是怀疑，以为自己的女儿在故意气人，但当她对着女儿大睁着的眼睛定睛看了六十秒之后，突然就面露惊恐之色。她断定，自己的女儿已经彻底失明。她是真的看不见那些醒目的芍药花，准确地说，她是看不见了光。

姥姥不再说话，而是转身向姥爷的房间走去。她的小脚走路一慌就有飘摇之感。两个形状夸张的金耳饰急速地摇晃起来，甚至发出了叮当之响。

姥爷对此事也给予了高度重视。母亲旷日持久的哭泣他不是一无所知，但他尚能理解女孩子爱哭的怪癖，对此没加理会，更不予干涉。但失明之事可超出了他可以不闻不问的界限。这日后可怎么嫁得出去。一个女孩子一降生，嫁出去的工作就得着手做了，这是父母必须努力做好的一件要事。

我的姥姥姥爷两个人，分坐在八仙桌的两侧，每人各执一只二尺长的烟袋，针对我母亲的失明召开了一个家庭首脑会议。在是看中医还是看西医上，他们的分歧很大，最后在求助神仙的这一点上顺利地会合。他们的依据是：谁家的孩子不哭？没听说一个孩子竟能通过坚持不懈的努力把自己的眼睛哭瞎的。这事不寻常，有说道，具有大量怪异可疑的成分。医生，不论是西医还是中医，尽管他们的医术有多高超，但医生是肉身，这就是局限。医生又无突破这一局限的力量甚至愿望。他们安于这个局限里，全无走出去的打算和行动，而我母亲的失明，恰恰出现在医生局限之外的空地上，也就是在医生力所能及的范围之外。医生的范围之外是神仙的领地。我的母亲既已闯入神仙的地盘，那么，这一案件，就只有求助万能的、对此事有责任和义务的神仙了。

母亲家所住的乌拉城，庙宇林立。城内有，城外也有。官建、民建，满人建、汉人建。城内著名的庙宇有：关帝庙、城隍庙、财神庙、药王庙、仓神祠；城外的大庙有：灵官阁、保宁庵、山神庙、观音阁、昭忠祠。在这些庙宇中，最辉煌且灵验、香火极旺的是灵官阁和保宁庵。

接下来，我的姥爷和姥姥在求助哪路神仙的问题上又发生了分歧。姥爷主张去保宁庵。他拿出同治五年土匪马振隆深夜攻打乌拉并取得失败的事件为依据。他说，马振隆的队伍是很强大的，而乌拉守军"老者不堪差遣，幼者尚未由此长成"，满城几无可用之兵。在这种情况下，怎么能守住城呢？原来是保宁庵里的关老爷手持青龙偃月刀，骑着赤兔马，率领老、弱、病、残守军鏖战一夜，最终击退劫城土匪，保卫了供奉他的乌拉古城。保卫乌拉一役，关老爷身先士卒，谁能做证呢？证据是有的。是日清晨，保宁庵钟鼓齐鸣，关老爷站在那里，对自己昨晚的战功只字不提。但他老人家胯下的赤兔马则不应该也保持沉默。那战马，激战一夜，到了早上，归了原位，仍然在不停地流汗。那泥马流汗的情景立刻被许多人看到了，于是真相大白于天下。此后，这里香火更盛。这就是姥爷的依据，而姥姥则提出了反对意见。她说，关公是武将，他未必爱管女孩子的麻烦事。神仙也有个大致分工。先不说他爱不爱管这种个人的小事，就不应该拿这么琐碎的一件事去麻烦骑马拿刀的关公。他也许都不知道该如何下手。否定了姥爷的提议后，姥姥亮出了自己的观点：应该去灵官阁，去娘娘庙。那里供奉的三霄娘娘，极其关注民间疾苦，也法力无边。庙中灵官阁供奉的文殊、观音、普贤三位菩萨也极具普度众生的情怀。尤其那观世音，最为慈祥，好说话。她原来是个女人，女孩子的事，就求她吧。

观音从高高的莲座上往下一看，认出了我姥姥。我的姥姥为什么能被观音认出来呢？因为她虔诚，平时功课就做得好。初一、十五忌荤，十八、二十八敬香。还常为庙上捐些细碎银两，因此，那观世音对她的印象极佳。观音又看到了跪在一侧的我母亲，她看见一只黑色大鸟正在母亲的眼前扇动翅膀。观音一眼就认出了这只黑鸟。它从一个深渊里孕育而成，以浓黑得看不见的颜色在人间飞翔。它的翅膀是无力挡住光明的。它不能对太阳产生多少影响，而只能对内心陷入黑暗的人推波助澜。观音弹了一下手指，那鸟就飞走了。

二十一天后，我母亲的眼睛渐渐有了光感。她看见了木桌、茶碗以及上面描金的花纹，继而又看见了木格子门窗。透过窗子，院子里开得轰轰烈烈的芍药花，终于进入了母亲的视线。母亲第一次觉得那花是那么让人心动，那么美，她有了把那艳丽的花朵刺绣到大幅的白布上的想法，于是她用白而细长的手指拿起了一枚尖锐闪亮的绣花针，她的手在那一管管丝线上游移，在深粉、水粉、玫瑰粉上举棋不定……

## 乌拉学堂

母亲就读于乌拉国民优级学堂。在学堂的院子里，在四处的角落里，都栽种着草本花卉。芍药率先开放了。芍药醒来得早，它喜欢春天。母亲穿老式旗袍，梳披肩长发。课间常在芍药花下流连。那些艳丽、直率、执着于倾诉的芍药，不能不左右十几岁的我母亲的情绪。我为什么喜欢芍药花？为什么认为芍药是我见过的最美丽的花？那荷兰的郁金香，那也叫花吗？同芍药比起来，那种僵硬的、半开不开模棱两可的态度，说明它开得很犹豫，很勉强，打算看情况随时收回自己的花瓣。花的绽放是不计后果的，是不顾一切的。反正我要开放，打开彻底打开所有的花瓣，风雨或是阳光，都是好朋友。我为什么一下子就喜欢芍药花？一定是母亲在孕育我的时候，就把她对芍药花的认识和看法，同形成我的血肉，一同投放在一个杯子里，然后，她轻轻地摇晃了几下。

母亲的学堂也要做操，这不同于她十岁之前在乡下读的私塾。矮小的日本校长常在这个时候走出来。他穿着严格意义上的西装，但当他一走进高大的中国女学生的队列，就如同一只黑羊没入了深草中。她们的长发，她们的旗袍，还有她们肃穆的脸，一同将他淹没了。

母亲穿老式旗袍，迈着淑女脚步，寝不言，食不语，行不侧目，笑不露齿，在矮小的日本校长领导的小学里毕业了。她考上了省城的中学。那时的考中学比现在的考大学要难，一个学年只能考上几个。

省城在什么地方？母亲不知道，我的地主姥爷也不知道，但姥爷说，那可贼远贼远，当天怕是回不来。回不来那不就得在外面过夜？姥爷忧虑的是：十五岁的大姑娘在外面过夜，要是传出去，谁家肯娶？这个污点是没有办法擦掉的，是多大的学问都无法弥补的。女孩单独离家是万万不行的。女孩可以离家的那天，就是她出嫁的日子。女子幼年、少年由父亲管理，到了出嫁的时候，则由父亲转交给其丈夫。其实，那个形式复杂、场面喧哗、一片喜气洋洋的结婚仪式，完成的是两个男人对一个女人的交接，而这一交接能否顺利完成，是以该女子的肉体是否洁净如初为前提的。我的地主姥爷认为，十五岁的姑娘，应该待在家里，绣上两年花，就该出嫁了。那书念多点念少点，都与娘家关系不大，对本人也没有什么益处。那些学问非但不能对日常生活有所建设，反而说不定在什么时候突然就对平静的日常生活起到彻底或不彻底的破坏作用。这是个有去无回，有害无益的投资，精明善算计的我姥爷是决不会干这样贻笑大方的事的，因此，在我的母亲是否上中学这件事上，他是持坚决反对的意见的。他在理论上相当成熟，绝无撼动的可能。他是寄希望比我母亲小一岁的我舅舅能读中学、读大学，进而学而优则仕，最终实现光耀门楣、安慰列祖列宗的现实理想。但舅舅贪玩，并未把这一家族使命切实放在心上，因此没能考上。

现实给我的地主姥爷出了一道难题。这个难题有两个答案。我的地主老爷毫不犹豫选择了儿子作为正确答案，但事实冷酷严峻地告诉我的姥爷，他选的答案已被证明是错误的。这个题到这个地步已经变得非常难了，但可别低估了我的地主姥爷。这题即使到了这步，也难不住他。首先他就不承认会有两个答案——儿子或女儿。他坚定地认为，答案只有一个，那就是儿子。如果儿子这一答案被证明是错的，那么这道题就没有答案！女儿不能成为重大问题的答案，女儿不是答案！相反，在我的母亲功课的突出成绩面前，他倒看出其不足来，比如都十五岁了还不会绣花，更不会做鞋，这可怎么行，补上女红这一课已经刻不容缓。全是读书给耽误的，当务之急是快速提高做女人的修养，以备将来出嫁别丢娘家的人。

而此时，我的母亲已在文字的道路上走了很远。文字的光亮已经在母亲的眼前闪亮。文字本身是黑色的，若能将其正确地组合，就会闪现光芒。母亲已经进入了这个游戏，并已谙熟将其正确排列组合的若干方法，实际上，我的母亲已经回不来了。

正当她一步一步向前迈进的时候，她的主宰，她的父亲，我的地主姥爷，大声地喊住了她。她必须止步。这个从身后传来的巨大声音，足以使我的十五岁的母亲再也无力迈动脚步。

停止前进的指令是姥爷发出的，而折返的路途则要由母亲独自走过。母亲转身回来的脚步是何其艰难和痛苦。她转过了身，看到了文字的反面，那些比黑暗更黑的物质。她一回身，立刻就陷入了漫天的黑暗。

　　母亲走得很慢，同时开始了旷日持久的哭泣。夏天，她坐在凉席上哭泣，院子里突然的阵雨，给母亲沉闷的哭泣带进一丝清凉；秋天，她坐在大柳树下哭泣，南飞的大雁在母亲的头顶咣咣地叫上两声，它们飞得平稳、有序，看上去不累……

第三章

人物

# 女人没有故乡

## ——写在萧红先生诞辰百年

### 一、别看清楚

地图上也是这么说的，我是离萧红的出生地最近的女作家。她家院子里长出的那些蒿草，我家的院子里也在长着；她家窗下夏天开着马舌菜花，我家的窗下也开着的；她童年有个玩伴是她爷爷，我的童年里有个老奶奶；她爷爷教她背诵唐诗，我奶奶教我拾稻穗；我身边刚刚飞过去的那只鸟，也许昨天在呼兰城外的那棵老榆树上休息了一会儿……

……

三年前，我的朋友李霄明跟我说，萧红被困在哈尔滨那家旅馆里，救她出来的那天，是他父亲舒群先生，涉过水塘，背她出来的……

我的语文老师戴明芳，在我十六岁的时候跟我说，鲁迅先生很喜欢萧红，表扬她说了四个字——力透纸背……

不记得是哪年，我多少岁，在报纸上，读到戴望舒先生纪念萧红的诗句——

> 走六小时寂寞长途
>
> 在你的枕边放一束红山茶
>
> 我等待着，长夜漫漫
>
> 你却卧听着海涛闲话

十八岁，我的另一位语文老师王岫石先生，将《西厢记》《桃花扇》《浮生六记》《呼兰河传》一同放到我的书桌上，他让我读这些书。我都读了。

对萧红先生，我就知道这些。还知道她的最后安息地叫浅水湾。叫浅水湾的地方，我想该有海水，有沙滩，而海浪是细碎温和的，不会是惊涛拍岸的，有一些野草，天上是几片闲云，云下是一只海鸟，它会突然叫一声……

我没去呼兰的萧红故居，离得很近啊，我隐隐约约知道自己为什么不去；我没读萧红的传记，好几位作家写了她的传记，我没读，我隐隐约约知道我为什么不读。

读《呼兰河传》已经很危险了，好在那里的萧红，命运还没有开始，萧红是讲述者，讲述别人的命运。

逃婚、怀孕、死婴、遗弃、萧军、鲁迅、战争、端木蕻良、香港、浅水湾……与这些词有关的片段我知道，都是听人说的。把这些片段连起来，我知道萧红一生的大事件。对这些事件的详细描述我是不能读的。就是这些听来的词语，我已经很受刺激了。

几天前，我重读了《呼兰河传》，这样的天才，让她那样地死去，只有鲁迅是没有责任的，他先走了。

我从来是不敢看伤口的，我的，别人的，我都不敢看。打针，我是不敢看针尖刺入皮肤的，这时候我就把脸别到左边或者右边。我东张西望的样子，就是与那针尖拉开距离。我晕针、晕刀、晕血、晕伤口……萧红她全身都是伤，我不敢细看她呀！

把萧红放到中国现代文学史里，现代文学史就被她染红了。

萧红是现代文学史上最深的一道伤。

如果，没有这伤，多好；有了，我不知道，多好；知道了，不看清楚，也是救了我了。


## 二、为肝着想


这稿子是约的，不写不行。可是写什么都行，写谁都行，单写不了萧红。我知道自己是个什么样的人。这些年，我刻意保持着与萧红的安全距离。我是个容易愤怒的人。我又不敢愤怒。我的肝不好，胆也不怎么行。它们不好，就是我年轻的时候，不计后果地老愤怒。现在，我也没修炼到可以随心所欲地控制我的愤怒，但总比年轻时安静多了。主要是我的肝不行了，我已经把肝伤到了一定程度，已经没有了想生气就痛痛快快地生气的资本。现在，遇到生气的事儿，我先权衡利弊，然后决定这气是生还是不生。我一般都选择不生气。甚至在一开始，就知道绕道躲着生气的事走。

我躲开了阅读萧红传，选择重读《呼兰河传》。《呼兰河传》我十八岁的时候读过。那里边也有一件让我愤怒的事，就是那个小团圆媳妇的死。果然，我又一次愤怒了。那个孩子比萧红更令人痛心，在她遭遇灾难的时候，年龄比萧红要小得多。

《呼兰河传》里的萧红，五六岁或者七八岁吧。她的困难还没有开始，她记录了一些别人的困难。萧红她从三十岁的地点起飞、逆行，飞过二十年的时间，降落在童年的院子里。《呼兰河传》的写作，也可以说是她从自己的大困境里起飞，这次写作，是一次对困境的暂时的摆脱。

十八岁时的阅读，不能说不用心，但那时对文字本身还没有感觉，只是对内容、情节有兴趣。像《呼兰河传》这样的书，读完只知内容和情节，而对叙述本身没有认识，那这样的书，就白读了。这就好比，一只精美的瓷盘盛着精美的食物，你眼里只见美食不见美器，那跟猪无异。十八岁时的阅读，是不大有能力看见美器的，我现在是能了，第一眼看到的就是器。这器若不对劲、粗糙或假精致，我就不吃那美食。所以，今天的阅读，对于我来说，等于读一本新书。

读之前，我还担心来着。我怕萧红让我失望。我现在，胃口极刁，能让我读下去的文字越来越少。萧红没能用她的第一行文字控制住我。如果接下来还是这样的话，那就完了，但是，萧红在第一章悄悄布置了一个大泥坑，我就是被这个大泥坑陷住的。萧红说，那个道路中间的大泥坑，掉进去过猪，掉进去过马车，掉进去的猪，抬出来洗一洗，可以吃肉；掉进去的马车，被大家费很大劲抬出来，继续前进。萧红不知道，她家街上的这个被她叙述的大泥坑，在她含恨离开人世后，又掉下去了多少人啊！七十年后，我才掉进去，算是最迟的一个了。她家呼兰城十字街上的那个大泥坑，早就被填平，铺上沥青，成为畅通无阻的光明大道，而在萧红那里，这个泥坑是永远无法填平的。它是一个永恒的阻碍，横亘在读者走向她的道路上，横亘在她生命的道路上。

我猛然感到，那个她童年道路上的泥坑，是她生命的一个大隐喻。

## 三、女人没有故乡

我是这样猜测的，萧红的遗言里，除了那句感叹外，应该没有对自己的遗体的安放做出交代。就算交代，她也不会说要回家乡。女人是没有故乡的。女人是流动的。她停下来不动了，那是她遇到了一块洼地。萧红的轨迹是一路向南，背对故土。她的故乡，故乡的人，她知道，而且不好，她要寻找别样的人群。她没绝望，一直相信好的世界是存在的。

我第一次离开家到外地上学，当天晚上，同宿舍的女生百分之百都哭了。我也在哭。我为什么哭，我是很清晰的。我不知道别人为什么哭。于是我就问。被我提问的是床挨着我的床的张姓同学。她说因为想家。她回答得自然，不像撒谎。我心里一顿，我和她哭的不一样。后来是又问了几位同学，得到的回答都是——想家。这时我才知道，我和大家哭的内容不一致。我哭得不正确。大家都在想家，都在为想家而哭，而我竟然不是因为想家。我从别人那里得知，我是个无情的人。我小时候有个理想，我喜欢天文。我那么小就对宇宙、天体物理感兴趣。那时我能读到的唯一科普读物是《宇宙的奥秘》。蓝色封面上有密密麻麻的星星，主角儿是一个有个倾角的土星。土星和它的光环把那个封面给占满了。我把那书看了多少遍，我喜欢天文，长大要当个科学家。这几年，我已经当了个作家了，科学家那个理想早已破灭。但是，英国天体物理学家霍金的著作被翻译过来后，我立刻就买了《时间简史》，并且读了。后来又买了《果核里的宇宙》。现在，我仍然无法抗拒，宇宙以及其间的未知存在，对我的强大吸引。我十六岁时的哭泣，就是因为，我被迫就读的学校无法实现我研究天文学的理想。我在哭我的那么好的一个理想无法实现了。相比之下，想家，那是一个小事情。等我哭完了理想的破灭，有闲暇的时候，再哭想家那件事不迟。后来，我又哭过，但还不是因为想家，我哭失恋，哭了很长时间。我还是没有为想家哭一次。理想还有爱情，都比家重要，都要排在想家的前面。后来，我发现，我不想家。我不愿意在家里待着，我爱跑出来。越远越好玩。我天生不知道想家，因此不知道要因为这个哭。我真是个无情的人啊！

　　我隐隐地知道，萧红也是不想家的。她的所有痛苦，所有的哭，都不是因为想家。她走到了那么远，走到大海边，到了天涯海角，她要是想家的话，是不会走那么远的。我至今没能离开吉林省，不是我恋家，而是我从小就被捆绑住了。第一道绳索就是单位，第二道是孩子，这就足够使一个女人动弹不得。这些年，我经常被邀请出去开会。我第一次开会就在广东，我可高兴了。我发言的第一句话就是：我是个爱开会的人。全场都笑了。其实我是爱远行。开会和远行在我这里已经重合了，因此我说我爱开会。

我竟然是一个这样的人，不愿意老老实实在家里待着。不喜欢平静，喜欢变动。我不想撒谎，无论我在哪里，离家多远，我都不想家。我能吃任何地方的饮食，对地域风俗能快速适应。我天生就脚野。脚野，这个词来自我妈对我的评价。不是我野，是我的脚野。除脚之外，我哪都是安安静静的。

女人是没有故乡的。其实故乡也不承认女人。我们家的祖坟里，是没有我的位置的。我们家的家谱上，也不会有我的名字。我们家的财产没有我的份额。我回家，我是客（qiě），是客人。客人是必须得走的。这里不是你的家。仅仅是出生地，然后你要离开。故乡在你离开后，就完全地把你除名了。

我不想家，最后也不用回家，我家的墓地里，真的没有我的位置。我知道萧红，她最后，也不会要回家，她家的墓地里也不会有她的位置。我们都不知道最后的墓地在哪里，那就四处走吧。

# 利刃的语言

## 一、利刃的语言

夏天，整个城市如一片叶子，被烤焦了，发了黄打了卷。只有街边一堆硕大的西瓜，如一滴滴还没有蒸发的水珠，闪着凉爽的绿色的光芒。

我在一堆有着碧绿花纹的西瓜旁停下了脚步。我只喜欢这种西瓜，它是圆的，且有青蛙脊背上的花纹。这和我童年图画书上的西瓜是一样的。而其他的西瓜，颜色像冬瓜，形态像枕头。

卖瓜人是个中年男子，黑且瘦，眼睛很大。他将手掌伸平，在他臂长所及的范围内的每一个瓜上拍，最后选中了一个较大的抱了过来。他头也不抬地说叫不叫？（叫：

切开一块以验优劣。）我说叫，不好不要。于是他三刀就在西瓜的肚子上划出了一个三角形，并像拔暖瓶塞一样将那块瓜拔了出来。我伸过头去看那个三角形的井，里边真如井一般汪了一片水渍，瓜肉发了炎的伤口般红肿不堪。这是熟过的瓜，或在搬运过程中受了外力的撞击，虽然外皮完好，但里边已如发生了地震，全乱了套。我拒绝买这只瓜。直到此时，我还没特别的感觉，一件再平常再细小不过的事，它还没有什么意义，拒绝这只瓜的理由又是那样充分。

卖瓜人一手托着瓜，一手握着西瓜刀，不好，哪不好？并且直视我。我不明白他的自信从哪里来，快要烂了的西瓜能使他的目光笔直地射向我而没有一丝游移吗？一定另有原因，他的笔直的目光后一定有一个坚硬的支撑。我的目光在他的身上寻找，于是我的目光与那把西瓜刀相遇。残留的西瓜的汁液，正从刀尖一滴一滴缓慢地滴到地上。它们是淡红色的，跟人体的血液极其相似。刀是月牙形的，刃口比刀背长出约一倍，在强光下反射出刺目的光。它距我只有二十厘米，只要二分之一秒，刀就能将这段距离变成零甚至负数。握刀的手是黑色的，上边的血管如老树的裸根盘错着。他的手臂像是刀黑色而有力的柄。

刀和他的手是一体。他是一个身上能长出刀的人。刀从他手臂的顶端长出来，并且在他的血液的浇灌下越发地锋利。

我害怕了，怕这把从他的手臂的顶端长出的刀是个任性的家伙。他的大脑指挥不了刀，反而被刀所控制。刀是嗜血的，它永远乐于在柔软的不堪一击的肉体上证明自己是一把锋利的刀。刀面对石头的时候是会低头并且绕行的。但我不是石头，恰好是一堆柔软的肉。刀已看见了我，并且露出了笑容，正在一毫米一毫米地向我移动。它可能是厌烦了那堆西瓜，厌烦了西瓜发出的嘎嘎嘎嘎清脆的哭叫声。它想换一个略有些弹性的东西。西瓜的血毕竟没有腥味，而且是令它讨厌的甜味。刀是不甘堕落的，切割西瓜实在是无奈之举，一旦有机会，它是不会放弃任何一个同真正的血液亲和的机会的。

我看见那个卖瓜人阴沉的脸，他没有买卖人那种可以随时运用的笑脸。是刀使他可以不笑，刀给了他勇气和理由。我不能同他争执。我在那把月牙刀闪闪的白光下接过了西瓜。我付钱给他时说：我买了，不是怕你，是怕那刀。一般人听了都会笑的，但他没有，他像阴天一样，就是那种没有雨的阴天，但晴起来也没有希望。

刀是有语言的，以前我不知道。但自从我的邻居二萍在一把切菜刀下变成一堆肉泥之后，我开始能听见刀说的话。它说它喜欢一切柔软的东西，比如青菜，比如绢布，比如女人。它说它不大喜欢石头、金属、男人等一切不容易切割的东西。它们不但难于切割也不容易下咽并且味道也不好。

我怕刀，听懂了刀的劝告。并且弄明白了刀是个什么东西。我买两样物品——肉和西瓜——不敢同卖货的人争执。这两种买卖是有刀参与的，或者说是刀的买卖。我不敢同刀理论什么，刀说的就是真理。

我在刀的逼视下接过了坏的西瓜，接过了切割得明显肥肉多而瘦肉少的肉。我没有办法，我不是刀的对手。在刀的面前，我仅仅是一茎青草。刀是我的敌人。我在一把刀的面前什么真理也不能坚持。刀把公道切得一面太大，一面太小，但小的那一面放上一把刀，就平衡了。

## 二、救 生 筏

春天，烈日烤在我的头上。我惊恐不安，我意识到了危险。那危险像邻家灶上炖着的一锅肉，浓烈的、危险的芳香越过几道门迤迤地飘聚到我的眼前。香味它长发盈袖，围着我的头舞蹈。

要发洪水了，我告诉自己。

我向丈夫询问哪能买到救生筏，他一边嘴里嚼着一只熏鸡翅，一边瞪着我含糊不清地说，精神病。然后更加用力地咀嚼那个曾经长满羽毛的翅膀。我在他有力的咀嚼声里缩了缩肩，他哪里是在吃肉，分明是在嚼我的那个想买一只救生筏的想法。那个想法坚硬、有骨头有筋，不容易吞咽。我看见他的咬肌像一台压路机轰隆隆地从他的腮部碾过。我的想买一只救生筏的想法马上变成肉饼，继而在他的牙齿下变成了粉末，又被他熟练地拌上唾液，成为浆状，最后被他吞咽了下去。

我的想法在军人出身的丈夫那里受到重创后，仍然残存在我的头脑中，它像一个伤兵，支离破碎，血流如注。

它还活着，一边堵住流血的创口，一边告诉我要坚持。于是我们互相搀扶着，艰难地来到了街上。

我在卖塑料制品的柜台前停下了寻找的脚步，色彩斑斓的塑料游泳圈在我的眼前如一朵朵开放的假花，那上面还写着字：不可去深水区。不可去深水区，洪水来了，分得清哪是深水区，哪是浅水区？于是我和它得出了相同的结论：它们只是浴场水面的花纹和泡沫，它与生死无关。它艳丽的色彩无力托住一个生命的重量，它本身就是一个气泡。那些鲜艳的色彩已经说清楚了，它是轻松的，与重大使命无关。颜色是最直接的、不用翻译的语言。

我们来到了江边，打那艘小游船的主意，并因此徘徊了很久。我是被船舷外挂着的两只皮救生圈绊住了脚步的，它们是红白相间的，应该很结实。但它们被很粗的绳子捆绑着，如两名犯了重罪的囚犯。它们似没有逃脱的可能，将永远被悬挂在那里，成为船的一件必不可少的饰物。而江水永远在离它们不到一米的下方涌动，谁也碰不到谁，永远。

我看到那两只救生圈已被烈日还有风折磨得像干裂的大地，细密的裂口遍布全身。它们多需要水，而水就在它们的下方不到一米远的地方。

我几乎走遍全城，没有买到可以救生的筏子。它们不知什么时候消失了，像一个灭绝的物种。而洪水随时可能到来，它并不像救生筏那样难觅踪影。

与我同行的，我的那个受了重伤的想法，终于支持不住了，没能同我一起回到家，它的血已经流尽了，一点点地凉下去，最后从我的手里滑脱了出去。

我一身汗水回到家里，抱起三岁的孩子。脸上流着汗水和泪水。孩子，没有救生筏，只有轻飘飘的塑料。

　　孩子手里正拿着一只纸船，纸船是我折给他的。它此刻启发了我，为什么我不能自己做一只木船呢？

　　储藏间里的那些长短不一的木板不知是谁留下的，在是留是扔的问题上我一直犹豫不决。这个不大不小却一直困扰着我的问题，终于有了清晰的答案。

　　那些被囚禁在不足四平方米的没有一扇窗子的储藏间里的木板们，在丈夫不在家的早晨，堂皇地躺在宽敞的院子里，被5月温暖的太阳照耀着。它们不久将在我的手里变成一条真正的船，像一张纸在我的手里变成一条船一样容易。它们没有本质的区别，所不同的仅仅是木板不能折叠，但木板可以拼接，可以黏合，在手工操作上只有难易之分。

　　制作在我是容易的。天上的月亮已为我的木船打好了样本，我的图纸在天上。我只需选在一个有月亮的晚上，坐在铺满月光的院子里，将那些被太阳晒得热乎乎的木板按照月亮的形状拼接、黏合就可以了。

　　船的形状、月亮的形状，还有棺材的形状，它们是极其接近的。看来，生命体离不开这种形体的容器：船承载着我们不至沉入深渊；棺材托着我们的肉体，不至坠入地狱。它们能使我们面对深不可测的处境时，能够有个依托，有个停靠。它们能使我们感到安全。

我和我的孩子需要一只木船，而我九十岁的祖母需要一口棺材。她怕烈火焚烧她的肉体，她只要一口木制的棺材，她要躺在里边漂向那个不可测知的世界。而我和我的孩子，需要一只木船渡过这个同样不可测知的世界。

### 三、军用行李绳

它像一条冬眠的蛇，躺在丈夫叠得整整齐齐的军装的下边，是圆圆的一团，绿色。我快速将它抓在手里，我是那样需要一团结实的绳子。在结实耐磨上我只信赖军需品。它的长度似乎刚好够从二楼的窗口悬垂至地面。它是危险降临时，我为生命留的一条通道。

得到那团绳子的时间是1997年，我的孩子两岁。在一片歌舞升平的景象里，我看到了众多的危险向我的孩子围了过来：洪水、火灾、地震、毒气、细菌……它们都喜欢新鲜的生命。

我把绳子藏在床底下，并且一段一段打上结，这样在顺着它下滑时，就不至于像刹不住的车。我有这样做的理由：南方一个私人皮件工厂，失火烧死了多名打工的少女。她们在生命的最后一刻拥到了唯一的窗口，而窗子上是铁网。她们只能透过铁网将一只手臂伸了出去。如果窗子上不设铁网而是放上一团结实的军用行李绳，那几名十几岁的少女就不仅仅只是让一条手臂远离火海。生命所需要的并不多，有时生命它仅仅需要一团绳子。

转眼就是秋天，危险仍埋伏在我家的周围而迟迟没有向我迈出最后的一步。丈夫要去洮南打靶，这是每年秋冬季的重要军事行动。在出发前，要捆行李，这如同姑娘出嫁前要打扮。却怎么也找不到那团捆行李的绳子了。出发的时间在一秒一秒地逼近，我看见他高大的身躯在窄小的房间里像一只失去了耐心的困兽。我坐在床上，咬紧牙齿不告诉他。我不认为他的行动比我的更有意义更重要。一条绳子，它是应该在一个孩子面临危险时扮演一名侠客，还是应该背在一名军人的背上，去完成一个虚拟的军事行动。如果让这条绳子自己决定的话，它会做怎样的选择？什么样的选择都可能出现，关键是看它是一条什么样的绳子。

丈夫的军队不知道谁是敌人。不知道谁将成为敌人。

世界和平之后，敌人从眼前消失了，而枪仍握在手里。枪需要向着一个方向射击，它们击中的是木块。木块就是敌人，而谁将取代那块竖起来的木块，这谁也不知道。总之向着木块射击是没错的。枪的前方不会永远没有敌人，只要枪还存在着，并且被紧握在手中。

然而我知道埋伏在我周围的危险是什么，我已看到了它们，它们也看到了我。是这些支持着我对满头汗水的丈夫置若罔闻。最后，他找到了床下，在一大堆精心为绳子做的掩护里将维系我和孩子生命的绳子找到了。我扑过去抢，他似乎是轻轻一挥手，我便摔倒了并且开始哭叫。他冲着我狠狠地说，精神病。然后背起那个在我的严重干扰下仍捆得四四方方的行李走出了家门。

我坐在湿冷的水泥地上哭了很久，两岁的孩子也被我哭醒了，并立刻绷紧他的只有两岁的声带加入到我的哭声中来。孩子高亢嘹亮的哭声和我低低的啜泣同时响起，像精心制作的混声，听上去层次分明，意味无穷。我们一同为一条被夺走的绳子痛哭；一同为我们细若琴弦的生命而痛哭；我们一同待在一个连一条绳子都没有的屋子里为生命的赤裸无助而恸哭不止。

十五天后，丈夫回来了，带回来了他的四四方方的行李。他把一团同行李上一样的绳子丢到我的怀里，然后把他几天都没刮的脸凑到我的面前问，你为什么要那条绳子？他说得一字一顿，像纠缠了大半生的一个疑问终于有了一个询问的机会。我看出他这十五天里除了消耗子弹，就是在研究这个问题。我竟不能解释，无法回答。语言像天上哗哗的河水，我却无法舀上一瓢递给他喝。他是个只相信结果的人，他也只能看到结果。如果告诉他那条绳子为还没发生的火灾逃生而准备，他会立刻把我送进精神病院。我们的目光投向不同的方位，无法交错、重合。

我抱着那团绳子，冲着他迷惑不解的脸露出了微笑。

# 小畅挂秋千

　　从5月到6月，我一直在劳动。我种很多种蔬菜：豌豆、辣椒、柿子、茄子、南瓜、丝瓜、黄瓜；在房后，我还种了黏玉米、爬藤的紫花油豆角……这些菜种下来，就使我每天都有活儿干。不仅这些，我还种花，很多种：月季、美人蕉、凤仙花、小丽花、虞美人、鸟萝、大馒头花、金盏菊、地瓜花……这些花种下来，又使我的6月每天都有活儿干。我不读书、不写字，每天沉浸在种子、泥土、气温、阴晴里不能自拔。到6月结束的时候，种什么都来不及了。这时候就算你想干活儿，也不能干了。7月再把什么种子埋在泥土里，接近一种理想主义的。就算苗会长出来，花也会开出来，细小的果实也会在花朵之后闪现，但未及果实长成少年，蔬菜的终结者寒霜已经如期而至。

蔬菜的生命随即戛然而止。想到这样的结果，我只好选择休息了。

　　农民把这一时段命名为"挂锄"。挂锄，好长时间用不上了，放地上碍事，就把锄头挂在墙上。7月，天很热了。农民们纷纷挂锄，节气上也入伏了。从字面上看，伏天应该怎样过，已经写清楚了。但我不想天天像狗那样趴在屋子里。谁说伏着一定得在屋子里？难道院子里就不能伏吗？没有人说不行。我于是着手搭建一个在户外伏的地方。我在院子里转了一圈，最后在院子西南角的榆树下面停住了。树荫是帮我度过苦夏的好朋友。在伏天，我是多么需要一片树荫。而这片树荫是我奋力保住的。

　　院子西南角那几棵大榆树，它们长得并不横平竖直，有一条树枝向院子里斜伸了出来。它斜伸进这几棵树共同搭建的树荫里。它很粗壮，几乎和主干一样粗。这条粗壮的横枝在这里已经生长了七八年了，它一定是愿意成为一条承载重负的树枝。不然为什么别的树枝都向上长，只有它向东南集聚力量？我站在树下，仰望了它几次之后，我们之间的合作就已经开始了。我感到那段树枝是有意志的，它的生长是有目的。如果我看不见它，那么它的愿望就得不到落实。如果没有这样一条树枝，我的伏天只能伏在一只树荫下的摇椅里。那样也很好了，但相对于极致的好就差了一寸。

当我仰望了几次树枝后，我的伏天怎样度过已经确定了下来。

在树荫下放一把躺椅。一个漂亮的藤编躺椅，加上六棵榆树组成的巨大树荫，可以把酷夏推远三四米。这个树荫就像暴雨中屹立的一座风雨亭。它是多么珍贵。躺椅可以摇晃，但幅度太小，带不起凉风。如果树下挂一架秋千？一想到秋千，我就可以在没有风的盛夏，自己制造出两级凉风。

我把想法和樱儿说了，他去看了看那条树枝——因为他并不知道有这样一条堪当重任的树枝的存在——认为我的想法可以落实，那树枝确实像是有意的。他就去找小畅。小畅是后街的邻居，已经帮助我们做了一些院子里的活儿。比如搭瓜架、上房补上漏雨地方的瓦。小畅也来看了那条被我选中的树枝，就和樱儿上街去买绳子和木板。绳子白色，是做缆绳的。可以捆在集装箱上，被吊车拎起来。木板是在一家寿材店买的。看来没有人给你准备好挂秋千的用品，只能从生活必需品中提炼。比如棺材铺、缆绳。如果这块木板不被我们买来，它将被做成一口棺材的一部分。被埋在土里或在火里化成灰。现在，它想不到的是，它的命运忽然转向掉头，它可以为活人服务。这辈子可以成为秋千的坐板，在几棵大树的浓荫下，风吹不着、雨淋不着，在微风里悠荡。偶有人会坐在上面，看看书或看看白云夕阳……一段树枝和一块木板、一条绳子，这三样互不搭界的物品，竟然组合成了一首诗。

小畅爬上了大树——他不用梯子就爬上去了。现在的农民还是很矫健的。只有城里人退化了。农民还可以徒手上树。

秋千很快就挂好了，我坐上去试荡。我和秋千斜着驶入夏日午后停滞不前的空气中，就像一只汤勺缓慢坠入一碗已经融化的冰糕之中。我的耳边刮起了细小的凉风……

我把注意力都集中在秋千、树枝，还有爬上树的小畅身上了——我担心他会不小心掉下来。其实那天在挂秋千现场的还有一个人，被我忽略了。这个被我忽略的人是小畅的媳妇。其实小畅的媳妇不应该被忽略。我现在意识到她的出现意味深长。

小畅可不是第一次进这个院子。有一些我们不会干的活儿都找小畅来。每次都是小畅来，手脚麻利地干完活儿，说几句话就走了。有时收下了我给的工钱，有时不收。小畅给我的印象很好。这次干活儿，小畅的媳妇一起来了。她爱人可能干过许多活儿，但还是第一次被叫去挂一架秋千。我感到即将被挂起的秋千吸引了她，要挂一架秋千的人家引起了她的好奇。

小畅的媳妇略胖，但是比较白。在农村妇女中已经是很白的了。小畅几乎什么活儿都会干，又手脚勤快。大概是不太让媳妇去大田干活儿，皮肤没受到烈日、风雨的袭击，白嫩才得以幸存了下来。小畅可能是宁愿自己多干活儿，也要保住媳妇的白。

小畅的媳妇坐在树下的几根木头上，对爬上树的小畅提供帮助。她说往左一点儿往右一点儿。在悬挂秋千的过程中，小畅媳妇指出了一个关于朝向上的错误，我意识到小畅媳妇智商很高。

在我对秋千试荡后，她也坐上去荡了几个来回。她穿着一条黑色紧身裤，上面是一件西瓜红的短袖。

我已经准备好了两百块钱，上次上房补瓦小畅没收钱，这次一起给。小畅媳妇却没有急于离开，而是又坐回到树下的木头上了。她忽然沉默下来。这时候我不能把钱拿出来，那有撵人走之嫌。得等人家起身要走，在挽留之后仍要走的情况下，才能把工钱塞给人家。

小畅挂完了秋千，刚从树上下来，站在媳妇身边一时没什么事可干。小畅一没活儿干就有点发木。我忽然想到现在应该给人家喝茶，就飞跑进屋捉了两瓶矿泉水，又快速跑回来。从我去取水到回来，不会超过三十秒。就在这三十秒里，秋千下发生了变化。我走的时候，还是一片沉默，三十秒后，小畅和他媳妇已经把一个话题进行到达成共识的阶段。因为我听小畅说，咱家真有地方。小畅媳妇还是坐在木头上，头仰着和小畅商量事。她的脸白而饱满，水红色衣服在树荫下颜色变深了。我站在旁边拎着两瓶水，不忍打断他俩的讨论。两个人说话都和颜悦色，针对讨论的事情没有发生分歧。我站在旁边没办法插话。听了几句之后，我才明白，原来是他俩也要在家里挂一架秋千。当我听见他俩就秋千的位置已经达成共识，才把水递给他们。临走，小畅说他媳妇爱看书，想跟我借一本书。我不知小畅媳妇的阅读爱好，不敢给她拿文学名著，就给她拿了《阅微草堂笔记》（这也是名著啊）。工钱他们说什么也没要。

　　我一直惦记小畅家的秋千，我没有时间前去看一看，她家的秋千到底挂上没挂上？如果挂上了，那么小畅家就是继我家之后，旧街村的第二家院子里有秋千的人家。会不会有小畅家的邻居，看见了小畅家的秋千，觉得好，也在自己家院子里挂上秋千？

# 嫩 黄 色

一只藤条篮子，装着多半下蚕蛹。褐红色。一个、两个，突然就无来由地摇了几下头（其实是尾）。

"买活的。"这是丈夫交代的。我从未吃过这种"蔬菜"，因此，不知道鉴别其死活的方法。但那能摇头的，应该是活的。可整整一篮子蛹，爱摇头、乐于证明自己还活着的，也就那么几个。

"都是活的。"蹲在篮子后边的那个脸又黑又皱的老头对犹豫不决的我这样说。我当然不相信他的话。谁能说自己出卖的货色都早已寿终正寝，正在进行着不易察觉的腐烂。他肯定要说，反复地说，都是活的，都是活的。

那几只摇头的，已在我的手里，这远远不够。怎么也得炒成一盘菜，于是我就抓了一把一动不动的。

把那几个爱摇头的放在一个小碗里，准备留给儿子玩，其余的，就准备下油锅了。

油上的沫像云一样快速飘散。油面风平浪静。但我知道，油开了。温度至少达到了三百度。三百度的油一声不响。几厘米的深度，构成了一个无底的死亡深渊。

蛹倒进油里，那巨大的炸裂声，我是有准备的。我不止一次地往油锅里倾倒过东西：蔬菜、面团、肉片、虾仁……我听惯了热油撕咬食物的喧哗。甚至有点悦耳。它和客厅里的家人、亲戚、朋友的说话声一起，共同构成了某一个假日、某一个节日的欢乐气氛。

我是第一次往油锅里倒蚕蛹。这些正在以沉默和一动不动的方式孕育翅膀的生命，在遇油的一刹那，它们竟全都站立了起来。一齐拼命地摇头。那至少有四十几个蛹，四十几个头齐刷刷地立着。它们在狂摇、在大喊：不不不不不不不……我吓得连连后退，半天不敢呼吸。"它们都是活的。"那老头说的竟是一句真话。

我开始认真地看一只蛹。在能摇动的另一头，其实是它们的头。头上的眼睛、嘴、触须都在，连翅膀的一部分也在。只是这些东西都不像真的，像模具。它们给自己弄好了模子，然后就照着自己的设计生长。它们的工作重点该是孕育翅膀。现在，它们停止了一切生命活动，集中所有生命力量孕育在它们看来十分重要的翅膀。因为过于专注和执着，它们就像死了过去。在它们的基因里，没有翅膀的生活，有点可耻。于是它们停止了爬行，开始了自己的梦想，并为接近自己的梦想开始了禅定般的苦修。它们得一动不动，这是最基本的。那极少数爱摇尾巴的蛹，一定是精力不集中的蛹。它们极有可能长不出翅膀，或者长出极差的翅膀。它们的心不静。尾总想动——留恋自己蠕动的过去。它们是蚕中的不纯洁部分。

我看着小碗里那几个仍在摇头摆尾的家伙，我留下了它们中最俗劣的部分。

片刻，油锅中蚕的优秀分子们都不动了。它们惊醒后的大喊也哑了下去。我中断了四十几个关于翅膀的梦想和努力。这时我发现，蛹在经历了死亡挣扎后，身体的样子大大地改变了：它们的身体突然变长了，螺纹与螺纹之间的嫩黄色暴露了出来。

那些嫩黄色，在它们死亡之前是看不见的。就算它们忍不住"摇头"，要动那些关联，也是小心地注意着分寸。那些深处的嫩色稍一闪现，它们立刻慌张地遮住。现在，它们死了，在死亡的挣扎中，身体里的嫩黄色暴露了出来，它们已不能把它收拾回去、掩盖好。那一定是蛹的害羞之处!

# 姑姑应该退休了

　　前年夏天，我去市郊的红旗（地名）看姑姑。除了姑姑的生日和春节，我一般不去看姑姑。前年夏天的一天，我突然就去市郊的红旗看姑姑去了。那天既不是姑姑的生日也不是春节，那天就是个平常日子。

　　姑姑也很意外。但是姑姑很高兴。姑姑只有儿子，还不止一个。后来姑姑又有了儿媳妇，也不止一个。但是我姑姑她没有女儿。年轻的时候，没有女儿不觉得怎么，等老了我发觉姑姑认为没有女儿是人生的一个遗憾。姑姑曾提起我小时候，生病，四岁才会走路。我妈和姑姑说，这个小丫头，你爱抱就抱去吧。我妈算我有了四个丫头啦。姑姑看看我病恹恹的，还不会走路，她没把我抱走。后来我妈讽刺我说，我要把你送人都送不出去呀！后来我姑姑不止一次地和我表达过她当年没把我抱走是一件多么大的错误。我姑姑的表达很婉转，但我明白了，姑姑很后悔。

除了姑姑的生日和春节，我不去看姑姑。她后悔了我也不去。我倒不是希望被姑姑抱走，但是我妈说把我白送人竟然送不出去，这让我很受伤。我妈总是想把我白送人。我一两岁的时候，她就想送没送出去；等我二十多岁，该结婚时，她又一次把我白送人了。这次她总算把我送出去了。我和孩子他爹把事谈得差不多了，我跑回娘家跟我妈说：妈呀，你该要彩礼你就要吧！我妈盘腿坐在炕上，对站在地上的我说：我可不敢要彩礼。我一要彩礼，人家连你都不要了，可怎么整。听我妈的意思，她就是手里没钱，不然她都想把我倒贴出去。我妈真不敢要彩礼。我的三个姐姐也都没要。她把她的四个女儿都白送人了。我妈当时也五十多岁了，她对男人的认识太肤浅、太天真，还不如我。她不要彩礼并没落下好，我丈夫就鬼鬼祟祟地说我，便宜没好货啊！我估计三个姐姐的遭遇应该跟我差不多。你看我妈的善举，人家领情了吗？后来我分析我妈为什么那么天真，那么善良，答案在我父亲身上。我妈出身民国时的地主之家，据说家境相当殷实，以至于像我母亲这样的女孩都上学读书。我父亲可是穷人。但我父亲知道感恩。打死不会说便宜没好货那种王八犊子话。母亲就认为别人也会跟我父亲一样。如果我父亲也说那混账话，那我妈在嫁女儿时就会狠狠地要彩礼。分析到这儿，这事还就怨我爸了。

姑姑跟我说，她昨天梦见她大哥了。姑姑的大哥就是我的父亲。父亲去世已经三十多年，我总是梦不到他。我总是梦到那些我不想梦到的人。我做了那么多的梦，为什么一次也梦不到父亲呢？而我的姑姑，她就总能梦到她大哥。我对于有我父亲出场的梦，充满了好奇：

"一早上，我大哥我大嫂就进院了。我说大哥大嫂上炕坐吧！他们也不上炕，就在炕沿上坐了。我低头给我哥脱鞋，想让他上热炕上坐一会。等我低头一看，我哥穿的鞋是纸做的。就是那黄表纸做的。鞋头还是尖的。我说这鞋能结实吗？他们谁也不说话，我就醒了。后半夜我都睡不着了。我寻思着这是我哥跟我要鞋来了。"

从姑姑的梦里，我获悉了父亲的生活状况。这让我很高兴。可以尽一点孝道。我说老姑哇，那鞋，我去买。你告诉我买什么样的，多大号码的。姑姑说，就买那种黑布鞋就行。四十二号。

我从来不知道父亲穿多大号码的鞋。他去世时我十岁。四十二号，我推算出父亲的身高应该是一百七十厘米左右。我儿子是四十四号，他是一百八十厘米。他比他姥爷高出不少呢。

姑姑做这个纸鞋的梦，离农历中元节就差不几天了。我买好一双四十二号的黑色布鞋，和姑姑和哥哥姐姐们一起去给父母上坟。把那鞋在坟前烧化了。姑姑说，这样你父亲就能收到鞋了。

送完鞋已经好几年了，我还是一次也没能梦到父亲。这导致我不能知道他和母亲都缺什么。我该做点什么。

要想获悉父亲母亲的情况，还是离不开姑姑。我现在隔一段时间就给姑姑打电话，先问姑姑的血压，再就是向姑姑打听父母的近况。姑姑总是有新的消息告诉我：

"我昨天去了。你爸你妈都在家。你妈还给我做饭吃：大米饭，咸鸭蛋。就是饭桌的一条腿坏了，用砖头垫着……

"屋地有水，八成是房子漏雨了……"

这么一看哪，我爸我妈生活得挺困难。他们不仅仅是缺鞋。我打电话给我弟弟，告诉他老姑说爸妈的房子漏雨了，你去看看，是不是上面有鼠洞？我弟弟拎个铁锹就上坟去了。回来告诉我说，是有鼠洞，都盖好了。

　　我姑姑已经很老了，又有病。应该让她好好休息了。我希望我爸妈再有什么事，直接托梦给我。我年富力强，差不多的事都能办到。可是我一直弄不明白，我爸妈为什么不托梦给我，而是让我姑姑给我捎信？我怕这种捎信的工作会累着姑姑，对她的病体不利。

　　后来我对姑姑说，老姑，你要是再见到我爸我妈，就跟他们说，有事让直接找我。

# 轻柔的搭救

到拉萨至少是四天了，我才能下床，并且可以不吸氧气了。透过窗子看对面似乎近在咫尺的群山，那上面薄薄的一层绿，才刚刚被我看到。几天都不曾动一动的饥饿感觉突然苏醒了过来。它是一只无法驯化的野兽，我知道我的野兽喜欢吃草。它也看见了那山上的绿色。

而四天前的生命，我靠口服一盒葡萄糖注射液艰难维系，不停地呕吐。那喝下的总量为100毫升、50克的葡萄糖，在剧烈的呕吐狂澜的席卷下，不知能有多少毫升幸存而进入我的血管，去援助我的脱水枯萎的细胞。

昏睡一宿后，第二天仍无清醒迹象。在短暂的清醒间歇里，我意识到这已不是睡眠，而是浅度昏迷。呕吐了两天之后，这一定是脱水了。在清醒的那几分钟里，我向手背上的血管看去。它们原来是异常清晰而且隆起一些的。我见过几乎看不见血管的女人的纤纤玉手。相比之下，我认为我的血管要比一些女人的粗，那么我的血也比别人的多。流淌在我肉体里的河流，是雨季的河流。不小心弄破了那里，流一些血的时候，我从不心疼，因为我的体内，暴雨不息。现在，我看见我的血管已经萎缩了下去。往日汹涌的流淌已经悄无声息。拉萨暴烈的太阳正在将我的所有血液蒸发成一朵白云。

看完血管之后，我知道我的生命已走到一处险境。可能连静脉注射都有困难了。我曾目睹过对一个因呕吐脱水的儿童的抢救。在向孩子的静脉输液时，在寻找血管这一环节上陷入了困境。医生说，做两手准备吧。那么我的情况跟那儿童的差不多，我也得做两手准备了。可还没等我思考怎么准备，都准备什么，就又丧失了意识。我被拖入了梦境或另外空间；我的行走很匆忙，当我看见路边坐着的那个女人时，她的声音使我的脚步停了下来。她正在接她的一条断腿并希望我能在这件事上帮她一把。她陷入了困境，已经丧失了通过一个人的努力完成这一工作的信心。我略有医学常识，对于皮外伤有一些办法，但她伤的是骨头，这大大超出了我的经验。可我没怎么犹豫就俯下身来用双手握住了她的脚踝，然后内行地向上一托，透过完好的皮肉我清晰地看见断骨没有对接上，它们在我的努力帮助下，错位得更加厉害，情况进一步糟糕。这时，我才发现，那腿虽然断了，却是少见地秀美。是那种可以在舞台上旋转，经得起众多的眼睛推敲的腿。可这样的腿，别说是舞蹈，连行走都已经不能了。我发觉她没有痛觉，精致的脸上只有一层困惑。这时候，我想起我的行走似乎是有个目的地的。为一个断了一条腿的女人帮一个倒忙，这不在我的计划里，我还得向前走。这时，我听见了来自身后的声音：格致别睡！格致别睡！我正走在一条黄色的道路上，路两旁是堆得山一样的玉米。那玉米堆砌得十分潦草，以至于随时都可能向道路的这一侧倾倒下来。我正从危如累卵的玉米崖下通过。那些摇摇欲坠的玉米随时能把我埋葬。我尽可能放轻脚步，因为大一点的声音都能将玉米震落。我听见了身后喊我名字的声音，可我不敢回答，不敢发出一点声音，因为声音会推动气流，而气流的波动会造成玉米的坠落。但我停下了脚步。我不可能在有人呼喊我的名字的情况下扬长而去。我分辨那声音从哪里来以及是谁的声音。我向传来声音的方向转过头去。玉米及道路都不见了，我从卧室半开着的门看见了我的藏族同学正在那个房间里用压力锅给我煮米粥。他一边用冷水浇在喷着热气的锅上，一边喊：格致别睡！格致别睡……

　　同学不能理解高原反应，对于我的身处险境没有多少觉察。他只是发觉了我睡得奇怪。早上送饭来，我在睡，现在已经下午了，我还在睡，并且不吃东西。这引起了他的警觉。然后他开始着手破坏这个对我有害无益的睡眠。他先是把希望寄托在煮饭时锅碗水相碰发出的声音上，他认为这些清脆的声音破坏至少是干扰一个缠绵的睡梦绰绰有余。可等这些肩负使命的声音平息下来之后，我的从昨天绵延而来的睡眠已如一条扭结得十分坚实的绳索，金属以及水的叮当声已经不能将它打断。现在，我的酝酿已久的西藏之行搁浅在了一个无休无止的睡眠之上。他不得不对着将我紧紧包裹的睡眠发出呼喊，试图用自己的声音将睡眠划开，从那昏睡中开辟出一条实践我们去林芝当雄山南……的道路来。

　　他必须要把我的睡眠破坏掉。而一个醒着的人破坏一个沉睡的人的睡眠是容易的。他甚至没有停止手里的活儿，他认为睡眠很脆薄，并不需要动手去破坏。声音的力量就可以了。声音会像子弹一样飞行，却从来不会打偏。他甚至没有呼喊，呼喊也不需要。给声音一丝推动就可以抵达。他更像自言自语：格致别睡！格致别睡！

就是这样微弱的如同耳语般的声音，抵达我的后背时，却产生了巨大的破坏力。它摧毁了那条不知通向何方的道路和道路上随时可能将我埋葬的金黄色玉米；它迫使我停下脚步，从而中止了我的一个危险的身不由己的行走。

幼年我有过一次险些溺水的经历。一群女孩在河水里游戏。我们的脚踩着河底温暖的细沙。我们的游戏被沙子托住，如同在沙滩上一样。只是我们的周围流动的不是空气而是水。突然我的脚下空了，一直托着我的温暖的细沙没有了，一团足以让我恐惧的寒冷的水将我的脚抱住了。冷水将我向一个无底的深渊拖拽。我的脸立刻被恐惧充满，本能地将手伸向对我的处境一无所知的同伴。在那种游戏的环境里，我的这一举动包括表情极有可能被同伴误以为是佯装，而佯装溺水欺骗同伴是我们在水里经常玩的一个小游戏。但那一次，我脸上的惊恐立刻被身边的一个大我两岁的叫丽娟的同伴理解了。她迅速伸手拉了我一下。她给予我的是极小的力量，却足以击败冷水旋涡对我的拖拽。当我的脚又踩到了温暖的细沙时，我知道一次对我生命的掠夺没有成功。我没有回答她的——你怎么了？的提问，因为她不会相信，她的手轻轻地向我的手上一搭，就拯救了我的生命。在这里，生命的重量与营救的力量相差悬殊，以致产生疑惑。死亡，有时是个脆弱的秘密，它甚至能被细小的声音、微弱的力量，不经意地破坏掉，死亡甚至经不起一点打扰。

我母亲的死亡，没有得到及时的破坏，她在无人打扰的情况下，在我听到喊声而折返的那条路上走远了。

我就站在情况危急的母亲身边，却不知道如何给予她有效的援助。我大叫着喊来了医生，却没有呼喊一声母亲。一群白色的医生进来，将我推到一边，为实施他们的抢救计划扫除了障碍。我的母亲，在生命遇到突然的危险的时候，被一群陌生的医生包围。他们没有一个记得母亲的名字。他们不是在抢救我的母亲，而是在抢救"八床"。我被迫站在医生的身后，离母亲的床很远，并且不许靠近。我紧紧咬住嘴唇，慢慢握上拳头，我在暗暗帮着那个为我母亲做心脏复苏的医生用劲。一会他们放弃了。我看见屏幕上越来越直的线段。

医生走了，母亲孤零零地躺在那里。现在，我可以靠近了。我立刻取出他们放在母亲嘴里、鼻孔里、耳孔里的酒精棉团。清理着母亲本就困难重重的呼吸通道。我在做这一切时没有哭，我在等待母亲回来。可我忘记了喊她一声，忘记了用我的声音为迷途的母亲指引回来的方向。

现在，我知道，走在那条路上的母亲，能听见亲人的呼喊，不管这声音是多么微弱。我过于相信医生了，把挽救母亲生命的希望完全寄托在那些冰凉的不会喊母亲的名字的仪器上，那些没有一丝温度的药水上。如果我能不顾一切地大哭，或者我的父亲活着，他会喊母亲的名字，那么母亲一定会听到，她听到了会停下脚步，会折回来。但我没有哭，也没有喊一声。母亲的行走没有受到亲人的干扰，她觉得身后没有任何牵绊，就继续往前走了。那是一条远离人间的道路。母亲一直走到了人世之外。

突然，我听到了身后的喊声，一定是有事，并且是知道我的名字的人，我得回头看看。

# 我死了，你怎么办

    我乐于跟我未成年的孩子讨论这样一个问题：我死了，你怎么办？

    你死我也死！孩子激动地说。说这话的时候他六岁。我看到他在这样说的时候脸是涨红的。他情绪激动、很气恼。不看我，低着头，更用力地咬着嘴里的食物。他一是气恼有这样的一个问题存在，二是气恼这个问题必须回答并且总被问起，三是他忽然得知母亲会死。而母亲的死会破坏他的世界。六岁孩子的世界是建立在母亲的肉体之上的。他的世界会随着母亲肉体的消失一同消失。我常常是在他吃饭的时候问起这个问题，他说完你死我也死，就把那些恼怒都发泄到嘴里的食物上了。我相信他说的是他的真实的想法。六岁的孩子还不会撒谎。我死了，他是真的不能活了。但是我知道，我死了，他是死不了的——六岁无力独自面对生，却也无力实现死。这样的问话总在重复，每次都让孩子很气恼，很激动。每次我都看到孩子面对这个问题时的无能为力和之后的不顾一切。

有一天，早餐的时候，我又向大口吃肉包子的孩子提出了这个问题。他的回答竟然发生了重大变化。我说，我死了，你怎么办？他说，我背着你的尸体！走到哪背到哪！说这话的时候，我计算了一下，他是十二岁了。我分析了孩子的这句话，并且同六年前的回答做了比较：他不打算跟我一块死了，或者他已经放弃了跟母亲一起死的想法。他的生命已经接近一个独立的生命。那么，这个世界，除了母亲，他已经有了其他依恋？但十二岁对母亲的依恋还无法放开，所以他说要背着母亲的尸体。这样做，他就什么也没失去——他能独自承担生了，同时还有力量负担母亲的死。

又过了几年，一天在吃晚饭的时候，我又向他提出了这个问题。我说，儿子，妈死了，你怎么办？他说，我每天都带着你的骨灰。装在一个口袋里，我背着。他说完这句话就把一块牛肉放到嘴里，平静地咀嚼着。这个问题的出现没有给他的情绪造成一丝波澜。我从他的动作里，感到这个问题没有打击到他。感到他对于这个问题早准备好了新答案。我听了孩子的话，开始计算他是几岁了？该是十四岁。我分析了孩子的话并且同两年前的回答做了一下比较：他找到了携带他母亲的更为省力便捷的方式。他舍弃了我的肉，留下了我的骨头。十四岁的时候，他明白整天背个尸体是很幼稚的，是不太可行的。街上也没有人这样做。他知道要把自己的行为放到秩序的框架里去。但是他又离不开母亲，于是聪明地选择携带我的一部分——便于粉碎便于包装不腐烂的那部分。此时，他已经能使用发育起来的智力处理母亲的死亡难题。

再往后，我决定不再问这个问题了。因为我发现，这个旨在难住他的问题，已经难不住他了。他已经长大，表现得针对这个童年的难题越来越有办法了。他已经大于这个难题，这个难题就不难了。提问就没有意义了。

四年之后，他十八岁了。这个问题我是完全可以代他回答的：儿子，妈的好儿子，妈死了，你怎么办？

我的儿子在四年之后说："妈，我的老妈，北山的龙祥墓地您喜欢吗？"

他说完这句话，会轻轻弹掉手上的烟灰，用食指和拇指缓缓地触摸腮部的胡须。

# 洗　　澡

　　母亲偶到城里小住，除了尽我所能给她买些好吃的、买套衣服外，我不会忘记带她去洗澡。

　　等我三把两把脱完了衣服，塞入编号的小箱子，回头一看，母亲坐在长条凳上，外衣外裤倒是脱了，内衣内裤也脱了，可她的短内裤和白色小背心则还穿着，看样子不打算脱了。穿着裤衩和小衣服洗澡是母亲的一贯作风。在乡下，我常随母亲去河里洗澡。我们一般是去小河，大河是男人和男孩的地盘。如果你走近小河，听到戏水声、说话声，那一定是有几个女人或女孩已经先来了。小河两岸蒿草没人，一望无际的野地，没有什么道路从这里通过。顶多有水鸟突然从草丛里惊飞，不知何故抛弃窝巢奔向白云。再就是远处草甸子上可能会出现一头牛，又极有可能是头母牛。因此，小河是个私密的空间。河水清得见底，又干净又安全。就是这么个好去处，母亲也不敢大白天来。她的担忧是：那头顶上不是有太阳吗？有太阳也不行。夜幕是母亲洗澡的必不可少的条件。虽然月亮挂在太阳那个位置上，但月亮总是善意地朦胧着。母亲对月亮的存在倒是没说什么。晚上洗澡有个不利因素，就是水要比白天冷。可在母亲看来，水冷是可以克服的。我费了好些话，母亲做了让步，但她也只让了一步，仅仅是把那个小背心脱了。我看见母亲的皮肤细致得几乎没有毛孔，而且白得纯净柔和，深深遗憾在这方面没有得到来自母亲的遗传。短内裤母亲是说什么都不脱了，虽然我反复强调这里都是女的。

等到洗完了出来穿衣服时，母亲遇到了难题。她的湿裤子总得脱下来吧，然后换上干的。其实这只是我的想法，那个母亲的难题，也只是难住了我而已。母亲从来不缺少对付那个湿内裤的办法。母亲不会在野外或有人的环境里换衣服。她认为没办法换，或不具备换的最基本条件。我记起母亲就是穿着湿内裤，然后把长裤穿在它的外面。向家里走时，她的裤子就一点一点从里往外洇湿。母亲的洗澡，一般不是一个人。她要约上左邻、约上右舍，还有一两个自愿跟随的女儿。因此，母亲在晚上的洗澡，仍然是个集体活动。集体活动就不具备换下内裤的条件。女的，都是女的也不行。现在母亲又要把长裤穿在湿内裤外时，我阻止了她。我告诉她，现在外面可是车水马龙。不等走到家，外面的裤子就会湿透了，这样别人会以为您尿湿了裤子。母亲被我难住了。我不是要为难她，我是有很好的办法让她从困境中解脱出来的。我必须得先难住她。我拿出了我的肥大的布裙子。一切都可以在它的掩护下安全地进行。我的办法很好。一向对换衣服的条件持苛刻态度的母亲也同意了。

母亲有七个孩子。在这七个孩子差不多都远走高飞了后，母亲想到了一个问题：谁能给自己送终？送终就是在自己咽下最后一口气时，哪个孩子能赶到，并守在床前。母亲寄希望于嫁得离家最近的我的三姐和一直照料母亲的我弟弟。但世事难料。母亲很想知道在她生命的最后一刻在自己的床前是个什么情况。为此她还算了一卦。算的结果是我的三姐。三姐是《红楼梦》四姐妹中迎春一样的人物。她家离娘家只十几里路。我从小吃饭时拿筷子的位置特别靠近顶头，因此母亲早就看出我的脚野，将远走他乡，是四个女儿中最指望不上的。但事实上，最后的结局证明，那个卦算错了。

那个卦更像个理性的推理过程。一个老人临终时，给散落于各处的儿女的通知应该是同时发出的。而谁能先赶到呢？当然是离家最近的那个。离母亲最近的是我的弟弟，而弟弟为什么不能送终呢？常识是这样：那是个很忙乱的时刻，有好多事情要办。比如得出去购买寿材，再找个好木匠，为决意迁往他乡的母亲准备好渡船；得请几个乐手，演奏出所有孩子心里的悲伤，让悲伤插上悲伤的翅膀，在村子的上空飞翔成婉转的乐曲，悲伤就有了悠扬的曲调；还得开着车去十里路外的街上买回差不多一车的菜和肉，为接下来几天里所有参与的人提供饮食。这一切，都是我弟弟必须做的。因此，在母亲临终的时刻，弟弟反倒没有时间在母亲身边停留。

生活有时不按照逻辑运行，变数闪烁其中。母亲病危被送到了我所在的这个城市的中心医院。我从离母亲最远，变成了离母亲病床最近的那个孩子，于是我最先赶到了，而我的三姐则成了离母亲最远的了。

弟弟是一直守着的。我赶到医院后，让他回我的家睡一会，晚上好替换我。弟弟走了也不到一小时，母亲的最后时刻突然就来了。

抢救的医生、护士潮水一样退去，我得以靠近被宣布死亡的母亲。她的口、鼻、耳被塞上了白色的消毒棉。丈夫此时赶来，我派他下楼买寿衣。但我也只能把我丈夫派走，而803室有四张病床，加上陪护，这个屋子里至少有八个人，并且有男有女。我得在这么多人的目光下，给母亲简单地清洗一下。我端来一盆热水，给母亲洗澡。

母亲是决不会同意在这么"恶劣"的环境里洗澡的，她会愤怒，会悲伤，会失去生活的勇气。可我为什么一定要给她洗？没有人告诉我一定要洗。不洗，我会不安；洗了，我更加不安。

应该说我尽力了。我把温热的毛巾擦上香皂，从母亲衣襟的边上，把手伸进去，一点一点地擦。母亲的身上全是湿冷的汗水，不洗一下她会很难受，我会很难受。

还有母亲的裤子在她生命的最后挣扎里，也湿透了。不洗一下她不会原谅我，我不会原谅我。

我换了两盆水，又把母亲身上的香皂擦净。我在母亲的衣服的掩护下，做完了这一切。给母亲洗完了澡，我期望母亲能给我的工作一些肯定，认可这次最为艰难的洗澡。当然我知道母亲对洗澡的要求是多么高，我知道她不满意，我只希望她能理解我，理解我所处的困境。母亲躺在那里一言不发，像是睡着了，但我知道她早晚会对这次洗澡做出评价，她为此会走进我的梦境。我想，等着吧，那时再解释不迟。

丈夫抱回来一包寿衣。七件：短内衣内裤、长内衣内裤、棉衣棉裤、大衣。内衣红色，外衣黑色。丈夫说快点穿衣服吧，迟了穿不上。丈夫说完迅速解开母亲的衣扣。我看见母亲的胸突然就暴露在很多人的目光里。我推开他，我穿！可是我的手不住地抖，我竟不能快速地把那汗水湿透的衣服脱下来。母亲所有的衣服都要脱下来，在这么多的目光之下！我突然全身无力，我知道我完不成给母亲换衣服的工作了。我什么也拿不住了。我突然开始大哭。我的哭声一定使房间里的人大为迷惑，因为这哭声来得太迟了。连我都知道迟了。母亲去世至少已经半个小时了，我一直在干活儿，没有哭一声。别人可能一直以为我是儿媳妇，万想不到是女儿。不过我若是儿媳妇，我会哭得很及时的。

母亲的寿衣是丈夫亲手穿的。这件事，我不敢期望母亲的原谅。母亲一生小心翼翼地端着的一盆水，在我的手里落到了地上，然后不可收拾。

# 肉体深处

　　离住所二百米，有一家超市，叫联万家。我家是被联的万家之一。我家的日常生活用品都来自那里。

　　联万家的好处是离家近，不足是超市小，商品品种少。这样，这家超市的顾客就少，我看达不到一万家。每次去都看不见几个人。买商品的没有卖商品的人多。这就会出现，你一走进去，就被工作人员盯着，她们都希望你买她负责的那些商品。六个收银口，关了三个。有时只开一个，那也不用排队。

　　一天，已经是下午4：00了。我在下午4：00的时候要考虑晚饭的事情。重点要想好晚饭吃什么菜。常常是不知道要吃什么菜。常常是看有什么就先吃什么。打开冰箱，见有昨天早市上买的紫花油豆角。看见了豆角，想法就有了。这个想法是在豆角的基础上形成的。豆角是基础，光有基础是不行的，还需要排骨。有了排骨，晚饭的菜的事情就解决了。

冰箱里没有排骨，不用打开冷冻层看了。排骨还在联万家超市里没有买回来。

在东南角上的生鲜柜台，我看见还有两块排骨。看见排骨我就放心了。刚一进来，我还担心来着。毕竟已经下午4点多，有些生鲜食品是要当天卖完的。

我看见了还有两块，还有挑拣的余地，于是就在那仔细看。此时在生鲜区就我一个人。我看了看，很快做出决定，买那块小的。我的决定有了之后，就把头从两块排骨上抬了起来。排骨这种商品你不能像其他商品那样拎起来就走，需要店员过秤包装。需要切成小块。不然谁家有能砍开骨头的大刀呢。我抬起头寻找这个区的店员。我发现唯一的店员在很远处，姿势是坐着。那里有个塑料椅子。当我的目光在她的身上停留了几秒之后，我看见她开始从椅子上缓缓地往起站。她的站起来是犹豫的。我看出她在分析判断我是一定要买还是只在这里看一看。如果只是看一看，她是不打算走过来的，甚至不想从那个椅子上站起来的。当我的目光在她身上停留了七八秒后，她站起来了，那种缓慢，不是懒散的那种，而是说不清的那种。当时她的那个动作就给我很深印象。陌生的感觉。没有店员是这样反应的。

她向我走过来，脚步轻，特别小心，似乎怕扭了腰。脚也不敢用力踩地面，因此没有一点声音。走近了我看见她的脸，黄而且黑。头发长的，但在后面扎上了大部分，有一部分垂了下来，很乱的。头发烫过就越发显得乱。发质很不好，黄、干燥。她的头发还有脸都是黄的、干燥的。还有她的身体也是干燥的，缺乏水汽，感到她身上的细胞都不是圆的。她是轻飘飘的。

我用手指了指那块我选择的排骨。她拿起来，拎到柜台里一个一米高的木头案子上。那上面有一把砍刀。黑色，很大。我站在那排冰柜外面等。一般他们店里的人剁排骨是很快的。一个是他们的刀好，二是熟练。但是我看了有十多秒了，不见她拿起那把刀。她把那块排骨放好，在应该拿起刀切剁的时候，她向我扭过头来。她那样看我好几秒，终于说，你能自己剁吗？我大惊，这可是没听说过的事。但是我立刻知道，这里面一定是有原因的。我没问为什么，就从柜台间的一个空隙走了进去。我抱歉地笑了，我说我不太会剁，但是也能。看着那把大刀，我的心里真没底。刀太沉了，得两个手一起上。就在我用两只手趔趔趄趄地把刀拿起来的时候，她说，我刚做手术不几天，还没拆线呢。是吗？我想原来是这样。她让我剁骨头的理由我认为是充分的。我说你告诉我该往什么地方砍。她就用手指给我一个位置。我没有多少劲儿，又不掌握使用那点劲的方法，因此我的处境很困难。我摇摇晃晃一刀下去。刀在空中落到骨头上的那段距离，刀走的不是一条直线。刀走的是波浪线，因此刀的降落在空中停留的时间就长，它的重力加速度都发生了改变，因此它到达骨头的瞬间的力量已经在空中被分解掉了一大部分。剩下的这部分力量是不可能把骨头砍开的。我看见只砍开了一道印。这样就得进行第二刀。第二刀仍然是摇晃的，我不可能这么快就掌握驾驭一口大刀的技术。我的想法是让第二刀落在第一刀的基础上，结果，第二刀没有按照我的想法落地，而是在距第一刀右侧一厘米处自己开辟了新落点。这样就得第三刀。这第三刀就多了一个选择。砍到第三刀的时候，我已经会用一点力气了。刀落在了前两刀之一的切口里，这样就砍开了一块。

　　砍完三刀，我休息了一下。也不那么紧张了。我的手跟那把陌生的刀也熟悉起来了。我渐渐有了完成这个任务的信心。这时我就有心思说话了。我说，你怎么了？哪里手术？问的时候，我还犹豫了一下。病应该是个人隐私范畴，不熟悉不该问。但是，是她让我砍骨头的。这样我就觉得我可以小小地侵犯她一下。再有，我也确实想知道她怎么了。再有，劳动人民在这些小节上不是很计较的。我的问话，她会正确理解为关心，不会抵触。这个我心里有底。还有，看上去我和她年龄差不多，都是中年妇女，她的病也许是共性的。我隐隐地感到，她的病与我会有些联系。我想知道是什么病导致了她手术。她说是子宫手术。我马上说是肌瘤吗？她说不是。是节育环断了。断口扎到了子宫里，手术才取出来。

我大惊，那东西也能断啊！我的子宫里也有一个节育环呀。她的断了，我的就一定不断吗？我的感觉是多么准。她的病痛果然牵扯到了我。

这个世界上，已经没有病痛是个人的。所有的痛都是大家的。我们呼吸一样的空气，吃一样的食物。我们生一样的病。我休息好了，我继续砍骨头。有了刚才三刀的经验，我的速度明显快了起来。我甚至还能一边砍一边跟她说话，我说你手术了也不让休息啊？这老板也太不像话啦。她说，可以休，但是就没有工资了。我想我也没什么好办法，我只有好好地砍骨头，就是唯一的办法了。

砍排骨回来好多天，我总是觉得我体内的那个金属环已经生锈了，它一碰就得断掉。不碰它也已经断了。它断开成为几颗钉子。我的精神高度紧张，时刻倾听着腹部的动静。我轻手轻脚地走路，尽可能地不弯腰。非得弯腰我就慢慢地。我把自己变成了一个轻飘飘的，无声无息的人。我绕开椅子桌子，绕开一切障碍，我不敢同任何物体碰撞。

我携带着几个潜入我体内的钉子，我得顺着钉子的走向，不能跟钉子商量什么。

这些钉子，它们潜入我的身体已经十四年了。最初，它们可不是狰狞的钉子。最初它是一个圆环，一个看上去很好看的圆环。我的身体是能够接纳一个圆环的。圆是善的，圆是无毒无害的。圆是没有脾气的。但是经过了十几年后，圆厌倦了自己的形式。它成为几颗钉子，现出原形。它成为钉子后它就有力量控制我了。钉子就是武器，武器可以控制肉体。

我不敢跑，不敢跳。我不敢追求速度和高度。那些子宫里的钉子，像顶在我后腰上的火枪，我按照枪的要求慢慢地走路，走一条画好的直线。

# 水 暖 工

　　整个单元，从下到上，暖气都不热。如果一个小区都不热，那是热力公司的问题；如果一栋楼不热，那是这栋楼总阀的问题。现在是我家这个单元不热，那就是这个单元阀门的问题。而这个不热单元的排气阀在七楼，在七楼住户的厨房位置的顶棚上。这个厨房就是我家的厨房。整个一个单元供热的症结在我家的厨房里，这样我就得允许水暖工进入我的家，进入我的厨房。

　　小区的那位水暖工我是认识的。我认识并不是我记得他姓什么，叫什么名字，这些我都不知道。但是我认识他，因为去年我跟他发生过冲突。他给我极恶劣的印象。

　　去年的冬天，供热没出现什么问题。暖气很热。别人家都没什么事，只有我家有事。位于我家厨房顶棚上的排气阀漏水。开始是一滴一滴地往下掉。我用一只塑料盆接着。水滴落的声音很好听，加上冬天室内干燥，我就允许它们这样缓慢地滴答。这种声音不影响我的生活，甚至对我的生活有益。几天后，滴水声已经很密集了，分不出个体。这种滴法，一会盆就满了。这样我就不能离开了，我要不停地倒水，不停地换盆。我被这些急促的水滴牢牢地控制住了。它们成了主人，我成了奴仆。这就改变了我的生活。这就破坏了我的生活。这就没有诗意了。我打电话给小区物业，小区物业给了我一个电话号码，说让我找水暖工。这个水暖工是小区物业的水暖工。他的工资是住户提供的，为住户修理水暖设施是他的工作。他应该随叫随到。想不到我叫他他却不到。他说正在忙什么，又说换个排气阀就好了。他让我自己买个排气阀，然后自己换上。听了他的话我十分吃惊。第一，换排气阀得停水，而且是很技术的活儿，别说我，就是一个男人也不会换。第二，暖气设备是公共设施，坏了不能由个人承担。不然住户每年交的物业费是干什么的？我在电话里愤怒地质问他。这是个无赖的主儿，看你不好欺负，他就老实了。他乖乖地来了。在换的过程中，出现很大规模的漏水，他没关水阀。总之他把活儿干得一塌糊涂。他很担心我责备他，向他索赔。水已经淹到了一块地板。我不愿意同他计较了。他知道自己错就行了。看到他惶恐的样子我就原谅了他。我是个心软的人。因此，在他总算收拾完，离开我家的时候，他是对我又害怕又感谢。但是，我也不愿再见这个人了。一开始的恶劣太过了，超出了我能原谅的范围。

排气阀偏偏在我家，在我家我就得配合修理，允许水暖工进屋。对水暖工的恶劣印象，经过了一年也没有消失。他们来了。徒工还是去年的那个。我跟他很熟，他的爱人在我家做过一段保姆。师傅却不是原来的那个了。我憎恶的那个水暖工没来。新水暖工不认识，是个年轻人，比那徒弟还要年轻。徒弟扛着铝合金梯子，师傅拎着个工具包。我问原来的师傅呢，徒弟说，他出车祸了，半年都出不了院。

这个排气阀的问题看来很严重，那师傅站在梯子上工作了很长一段时间。外面的太阳都落山了，屋子里的光线暗下来。我打开灯，希望灯光能给他的工作提供帮助。我站在厨房门口，跟他说话。那徒弟不爱说话，师傅爱说。厨房和餐厅的灯我都打开了，但我的灯坏掉了大部分，只有一两个灯泡在坚持亮着。师傅就对徒弟说，你回去拿几个灯泡来。这样徒弟就去拿灯泡了。屋子里就剩下了我和水暖工。徒弟刚走，他就从梯子上下来了。他说修好了，让我去里屋摸摸暖气热不热。我就往卧室走，走到卧室摸暖气管子，已经热了。这时，我发觉水暖工也跟着我进了卧室，而且是紧跟在我的身后，离我不到二十厘米。我陡然紧张起来。他不应该跟进来，没有必要的。我看看温度告诉他就可以了。他把徒弟调开了。我回头说热了热了，修得很好。如果他不往外走，我是出不去的，他就在我身后，把我的路口堵住了。我已经转过身来了，他还没转，僵持了一个瞬间。那是间儿童卧室，如果是我的卧室那情况会更不可测。他看出我急于从卧室出来，就也出来了。他需要一丁点支持，但是他没找到。我们就回到餐桌边坐下来。这时候，徒弟还没回来。我的小狗胖墩跑了过来，他就跟小狗玩了起来。他一边摸着小狗的背，一边说，这小狗可真胖啊，我喜欢胖乎乎的小动物。我心想，他这是在说狗吗？我也是胖乎乎的呀。然后他又说，等他成家了也养一只这样的小狗。原来他还没结婚呢。他说他一个月的工资是一千八百元。今年二十九岁。总之，他在很短的时间里，把自己的年龄、婚否、收入情况就都很突然地告诉我了。然后，他又开始评价我，他说我好，就感觉我特别好。他说因为这种工作去过很多人家的，哪家的女主人也没有我给他的感觉好。说家里有什么事就找他，他什么都会修理，不光水暖，又拿出一张他的名片放餐桌上了。

徒弟终于回来了，拿来很多灯泡。水暖工开始给我安灯泡。他先安厨房，又安餐厅，最后把客厅的也安上了。一从梯子上下来，他就打开了所有开关。所有的灯都一起亮了。我站在那么多灯的照耀下，原来我的家里是可以这样明亮的啊！

在明亮的灯光下，水暖工开始把散落一地的工具往工具包里装；徒弟开始把那梯子折叠起来。他们这是要走了。我说喝杯水吧。他们就每人喝了一口。我又找来两包烟。徒弟不抽烟，师傅不好意思收。我把烟就塞到他胸前的衣袋里。

他们下楼去了。我关上门，回身就撞上满屋子的耀眼。

第四章 写意

# 站在五十厘米高的凳子上

2000年，我搬了一次家。从城东搬到城西；从旧房子搬进新房子；从军营搬到普通社区。添了一些新家具，新居的一切都令我满意，似乎什么也不缺了。

有一天，我买了一双皮鞋。我买这双皮鞋是要配我的一条灰裙子。那条灰裙子买了很久了，一直挂在衣橱里不能穿，就是因为没有与它般配的鞋子。

回到家我穿好了我的裙子，又穿好了我的新鞋。我来到镜子前，想看看我穿这条裙子和这双新鞋在镜子里的样子。看看它们是否如我期待的那样，通过搭配而产生了结合后的美。

我的镜子在卫生间里，高挂在瓷砖墙上，是四四方方的一块。我每天都通过它看见自己。

我走到镜子跟前，向镜子里面看去。意外的，我没有看见我的裙子和鞋子。

——我的镜子只能照到我的上半身！

这是我多年来不曾意识到的。我每天面对的只是我的上半身。

我每天都从镜子里检查一下上半身，把重点落在脸上，就上班去了。我从来不觉得有一半的身体没有被这样检查。

对于我的下半身，我轻轻地低一下头。目光向下扫一下，就完了。

那么，我是这样看自己的：上半身，主要是脸，我通过镜子看见；下半身，我通过低头的方式看见——我每天检查自己用的工具并不统一。

上半身，因为目光通过了镜子，镜子悄悄把目光客观化了，甚至把自己的目光变成了别人的目光，这使审视更准确，更能发现问题；下半身，目光直接落在上面，目光没有经过反射，不是他者的眼光，停留在自己看自己的层面上，因此，看见等于没看见。镜子里和镜子外，形成了两个空间。站在镜子外面向镜子里看，自己就处在了一个客观的角度上。通过镜子把自己变成两个，变成复数。

但是突然，在这一天，我特别想从镜子里看见我的裙子和鞋。我那么想通过一个客观的角度看见我的裙子和鞋。看看它们的搭配是否产生了美。

我不再信任自己了吗？还没有，我只是需要一个新角度。在没有他者的环境里，实现一个对自己的客观的检查。

我一定要在镜子里看见完整的自己。或者说我要看到另一个我，并且是面对的方式。

于是我站在了一张凳子上，把自己抬高了五十厘米：我看见了我穿肉色丝袜的一段大腿；新皮鞋遮住了脚踝部分；裙子的下摆像个灰色的灯罩，笼罩在我的黑色的皮靴的上端。这些，都被包括在镜子里了。这时我发现，镜子里只有裙子、大腿的一部分、皮鞋。我的头不见了！她从镜子的上端移出去了。

从凳子上下来，我知道了我缺什么——我还缺一件家具。

——一面更大的镜子。

这么多年来，我看到的一直是我的一部分。

# 线团是个起跑的姿势

从前——现在仍然是这样——我喜欢拆旧毛衣。说我喜欢拆旧毛衣也不准确，我有时拆的是新毛衣。看来我拆毛衣的理由并不是毛衣旧了。

很少有特别完美的毛衣。每一件上面，都可以找到一些瑕疵：式样过时、缩水了、变形了、太瘦、太肥、太旧了、花纹看腻了……这些都可以成为我拆掉它们的理由。有时候我想织一条围巾，我就会在那些毛衣里找，看哪一件的线更适合织围巾。

我为什么不去买一些新毛线呢？当我要织一个什么的时候，为什么不去买一些新毛线呢？我不知道为什么。谁知道自己的一些特殊嗜好是为什么呢？

其实，我的很多用其他布料制作的衣服，我也是很想把它们拆掉的。只是棉布、毛料、丝绸等衣料，在制作的时候，布料被剪断了，那些丝线拆不成长条，是一段一段的，不能还原成一个线团。它们回不去了，它们的错误无法改正。

毛衣不同，毛衣是一种特殊的衣服。拆掉后能还原成原来的毛线。一团一团，像新的一样，像从来不曾被织成过毛衣。

我拆一件毛衣时，内心很快乐，甚至充满了激情。我不觉得那是一件麻烦的劳动，而是在纠正一个错误。而这个隐藏在我生活中的错误，被我这么修改了后，我的生活会更完美，甚至没有瑕疵。

毛线刚拆下来时，那些线上布满密密麻麻的勾弯。那是它们过去的形态，都是一些坏习惯。我无法忍受毛线变成那样。我用开水来烫那些错误，也就是用一种激烈的方式。这是个残酷的办法，但是你劝说那些勾弯，它们是不肯自己伸直的。毛线的一些经历包括我认为的错误、细菌、病毒，都在热水里死了。毛线干净了，伸直了。它们在热水里转世、脱胎换骨回到了从前。回到起点。回到一个混沌，回到没有错误的天真童年。

然后是晾晒。它们一束束在阳台的光线里滴着水。慢慢地，一点一点地把过去的污迹滴下去，把过去的烦恼滴下去，把过去的时间滴下去。

几个小时后，平展、蓬松的毛线在太阳下晒干了。

我把它们套在脚上，以手为中心把它们缠成线团。它们被团了起来，收缩成一个点，做好了一个起跑的姿势——线团是个起跑的姿势。

这些年来，我沉迷于拆毛衣。我用手指的轻柔动作，就把过时的花纹、编织的错误、缩水变形等一系列问题删除了。

我拆毛衣的行为，很有象征意味。我对一些大的事情也是不满意的，但我无力修改。而拆掉一件我认为有问题的毛衣是多么容易。我通过拆毛衣证明我有能力修改错误，从而掩盖了我对有些错误的无能为力。

在我的衣橱里，你是找不到几件毛衣的，但你不用找就会看到很多溢着香味的线团。它们这里一团，那里一团，像是一些顽童，随时会蹦跳、滚动，开始新的生活！

# 小仙和乌云赛跑

　　小仙跑得慢，跑得慢她也得跑，因为天上的云在跑。天上的云有两种：一种叫白云；一种叫乌云。白云来了，她不用跑，可以继续跳房子；乌云要是来了，她必须撒腿就跑。跑还不能乱跑，要往自己的家里跑。小仙总是准确地跑回家了，没有跑错过一次，从来没有跑进西院赵玉石他们家的院子。

　　这时候，小仙跑得快，比开运动会时跑得快。开运动会时小仙总是跑在后面，小丽、小郭还有张丽萍都跑到前面去了。小郭得到了一个磁铁开关的文具盒，她跑了第一；小丽第二，老师给了她一个塑料皮的日记本；张丽萍跑得比小丽慢比小仙快，她是第三名。小仙不用回头就知道，自己身后已经没有谁了。可是老师还是给了小仙奖品，老师说赵小仙坚持到了最后，后面没人追也能跑到终点，这是最难的了，于是给了她一支颜色鲜艳、一头还顶着一块橡皮的铅笔。

小仙就把这支铅笔做了记号，在橡皮那头画上眼睛、鼻子和嘴。小仙没有使用这支铅笔——一个有眼睛有鼻子有嘴的铅笔，小仙是不能用刀切开它的。

要是跟小丽、小郭还有张丽萍一块跑，小仙跑得慢；要是跟天上的乌云一块跑，是乌云跑得慢，小仙跑得快。

一到秋天，小仙她妈就忙起来了。她把黄瓜切成片，然后晾晒。这里本没有小仙什么事，可小仙她妈不是只切了一条黄瓜——小仙她妈一清早就切了一篮子黄瓜。现在是把黄瓜切成了片，一片挨着一片平放在了帘子上，黄瓜一下子就变多了。它们把四张大大的帘子都占满了。这四张铺满黄瓜片的帘子又把小仙家的院子给占满了——黄瓜没切的时候那就像羊待在羊圈里，切成片的黄瓜就是羊从羊圈里一下子全跑了出来。它们看上去是那么多，把整个山坡都给占满了。

就是这些黄瓜片使小仙跑得越来越快。这回跟运动场上不同，小仙现在是有人追的。那些院子里的黄瓜片已经晒得快要干了，但离小仙她妈的要求还差得远。小仙她妈的目的是把黄瓜片完全彻底地晒干，干到没有一点重量。

从西边突然出现了大团的乌云。小仙知道，这些乌云都是故意跟她妈作对的——乌云也是冲着那些黄瓜片来的。她妈拿这些乌云没办法。小仙的办法也不是很好——被动防御不能说是个好办法。乌云怀揣十万个事先做成圆球的水珠，打算偷偷地跑到小仙家院子的上空，对准那些就要干了的黄瓜片丢下那些水珠。

乌云的行动是低调的，它们没有打雷，没有发出那种轰隆隆的脚步声——乌云蹑手蹑脚地从西边来了，小仙不用抬头就感觉到了。从看到地上乌云移动的影子，小仙就开始跑。她不能乱跑，要往自己的家里跑。她要在乌云到来前把那些黄瓜片都搬到屋子里去，或盖上塑料布——也许，那些缓缓飘来的乌云是村子里所有被暴晒的蔬菜喊来的。它们本来就不愿意被晒干，被晒干的过程是很疼的。所有的被切成片摆在院子里暴晒的蔬菜都在哭。它们的哭声很小，小到赵小仙都听不到。但是，整个村子有多少蔬菜被切成了片？它们的哭声汇集在一起，就被天上的乌云听到了。乌云是善良的乌云，乌云的心太软。乌云前来搭救那些被切得面目全非的蔬菜。

世间万物，谁都有天敌。乌云的敌人是那些七八岁的女孩子。她们不用母亲告诉，就知道母亲不喜欢乌云。就知道和乌云对抗，做母亲的战士。她们可真是好孩子啊。要是没有她们，那些蔬菜片，没有多少最后能晒干。

当一块乌云从西边飘过来的时候，小郑屯儿里的女孩儿差不多都在飞跑。并不是只有小仙她妈在清早就切了一篮子黄瓜。小丽她妈还切了一盆煮熟的土豆；小郭她妈则切了五十只茄子；张丽萍没有妈啦，她妈早就死了，因此她们家什么也没切，但是张丽萍有姐姐。那个二十二岁的姐姐没有切任何蔬菜，却在清早穿了一大串红辣椒，挂在院子里的晒衣绳上。你说她怎么就不着手料理嫁给谁的事情，还死心塌地地穿什么辣椒。就算是穿辣椒，也要心不在焉才对呀。但是她把红色的辣椒穿得可好啦，好到挂在那里，就像一件艺术品。

女孩子在乌云下快跑。从天上看，她们跑得很混乱，不像运动会上，向着一个方向，跑在一条线路上。她们像是一群受惊的鸟，慌不择路，然而这是乌云的看法，是天上的看法。地上的女孩子可没有乱跑，她们都向自己的家里跑，她们跑得都很正确。因为她们的家住在不同的方向，她们就得向着不同的方向跑。她们有的向西；有的向东；有的往南；有的朝北——这就使她们看上去跑得乱七八糟的，真像一群小鸟突然被什么给惊飞了。

　　村子上空来了一大片乌云，特别像敌人的轰炸机来了。所有在街上游戏的女孩子开始跑，她们跑得又快又混乱。小仙跑在乌云的前面，并且在乌云到来之前把那些黄瓜片都收起来了。当乌云一个一个往小仙家院子里扔它昨天晚上制作的圆形水珠的时候，乌云这才发现，自己还是比地上的小仙晚了一步、慢了一步。

# 算　术　题

　　小仙爱工作。她为老师薛亚茹工作。薛老师坐在办公桌边织毛衣，小仙坐在桌子的另一头批改同学的作业。她的腿悬着，脚尖够不着地，头刚能从桌子后面露出来。两条胳膊攀住桌面，不注意就会掉下去。那副大人用的桌椅，小仙用起来很不合身。老师把那支红色自来水笔交给小仙，说错一道题扣十分，错一个字扣一分。把错的分数加起来，用一百减，就是作业的成绩。

　　这是一道加减混合运算题。小仙有三十二个同学，她面前的作业本就有三十二个，这样的计算就要三十二次。小仙刚上一年级，她的算数课本里刚教到十以内的加法。薛老师让每个学生准备十个小木棍，这样在计算的时候，就不用数手指头了。小仙的文具盒里也有这样的小木棍。

材质是柳树的树枝，除掉了叶子，又剥掉了皮。小仙的小木棍又白又细腻。就算又白又细腻它们也是小仙的摆设，她算数的时候从来不动它们。她算得又快又准确——小仙的小木棍都摆在脑袋里了。不是十个，差不多是一百个。实际上在小仙的脑袋里被用来进行加法或减法计算的不是小木棍，而是一些叽叽喳喳的小鸡。多亏了那些小鸡，不然她怎么进行那么复杂的计算？

小鸡很早很早就跑进小仙的脑袋里去了。四五岁的时候，小仙的脑袋里就有小鸡了。一开始，小鸡待在鸡蛋里。小仙开始数——1、2、3、4、5……这种状态的小鸡是很好数的，它们都一动不动，老老实实地等着你来数它们。小鸡待在鸡蛋里，就像淘气的小孩睡着了。可是这种好日子不长久，它们一旦从鸡蛋里走出来，数小鸡的难度就出现了。它们乱跑。它们长腿了，其实它们还长翅膀了。如果它们能飞，那就更麻烦了，那几乎就没法数了。现在，一群小鸡在院子里跑。这个院子是小仙家的院子。小仙家的院子是有围墙的，那是她爸爸砌的。小鸡再能跑，也跑不出院子。小仙数了好几遍，每一遍的数字都不一样。她不知道哪次数的是正确的。

后来，小鸡长大了一些，它们要到院子外面的世界去觅食了。这时候，经过不懈的努力，小仙已经数出了她家小鸡的准确数字。黄昏的时候，小鸡们会回到小仙家的院子里来。这里是它们的出生地，它们是知道要回来的。不往这里回来，它们还能回到哪里去？就算有的个别小鸡没有回来，成为迷途的小鸡，小仙要去找，找到了带它们回来。那些小鸡，长得一般大，模样也大同小异的。它们是一大群，在黄昏的院子里乱跑。它们都跑了一天了怎么还没跑够呢？那么细的小细腿怎么就不知道累呢？就不能安安静静地站一会等着小仙把它们数完吗？

小鸡们一点也不懂事。它们都长大了也不懂事。它们不知道小仙要数它们。不知道在黄昏的时候数一遍它们的意义。

说不上哪天，小仙家小鸡的数字就会发生变动，少一只或两只。小仙知道，这是它们在觅食的时候——在菜园子里，在墙角下……——被其他大于它们的动物吃掉了。大于小鸡的动物其实也不大，按理它们是不敢在光天化日之下吃掉对人类有益的小鸡的，但是当小鸡走到人家的洞口或藏身的柴草堆旁的时候，那些动物就出手了——送到嘴边的一小块鸡肉，谁还不知道张嘴？非得等到太阳落山吗？有时候不用。运气好的事情总是让人回不过神来。有几只小鸡被人家吃掉了？小仙数完了才知道。她要把伤亡数字报告给正做晚饭的母亲。这是小仙的工作。小仙没上学的时候为母亲工作。她是个爱工作的小孩。用昨天的小鸡数减去今天的小鸡数，得到的就是伤亡的数。这是两位数减两位数，一百以内的减法。小仙没上学的时候就会计算了。她必须会数，必须会计算。也没有人教，她天生就会数小鸡，会计算小鸡的伤亡数字。那些小鸡在院子里乱跑，小仙的算式也就得在院子里摆开。其实，这种计算没有太多用处，小仙包括她母亲，并不能控制小鸡的伤亡。那么多小鸡又不能整天关着，都是散养的。小鸡还是每天放到院子外面去优胜劣汰。母亲和小仙提供一部分食物，小鸡们自己寻找到一部分，这两部分加起来，小鸡就吃饱了。虽然是这样一种接近自然的豢养，但每天数一遍小鸡的个数，掌握小鸡的个数，还是有意义的——这接近几年一次的人口普查。

　　关键是掌握小鸡的情况。最大的情况就是：小鸡有多少个？最后还是剩下的多。小鸡长得快，等长到大于吃掉它们的动物的时候，小鸡的数量就不再减少了。那些动物，其实都是小动物，它们只能吃一口就吃掉的小鸡，速战速决。等小鸡长到大于一口，它们就没办法了。因为如果不是一口吃掉，剩下的那部分就会挣扎，甚至会拖着它跑，那是很危险的。小仙和她妈养那么多的小鸡，是预留了一小部分给大自然、生物圈的。就像蒙古人喝酒，要从自己的酒杯里分出几滴给天和地，给万物——什么都不是绝对属于自己的。所以小仙还有她妈，知道小鸡减少了，并不难过，也不认为是财产损失。

经过了这样高难度的学前数学教育，上一年级的小仙，手握红色自来水笔，给三十二个同学的作业打分的时候，神态是不慌不忙的。只是她坐在那么大的桌椅里，身体姿势有些紧张。她是不应该坐在那里的，那里是坐大人的。她是小孩，她才八岁。

老师是个好老师，她总是留十道算术题。这就使批改作业成为一项简单的劳动。这也等于薛老师留给小仙的三十二道算术题，从一百以内的减法，变成一百以内整数减整数的减法。总是100-10、100-20、王彦师的总是100-100，这太好计算了。排除那些0的干扰，实际上就是10以内的减法。这比她母亲给她的减法题要容易多少啊。那时候，八岁以前，给小仙的数字是这样的：36减去34或72减去69，这是退位减法，得二年级才能学到。像她的同学，男生王彦师，学到小学毕业，他还是不会计算72减去69。

王彦师是男生，他在五六岁的时候，肯定是不爱数小鸡的。他家也是有小鸡的，有小鸡就得有人天天数，一定是他的妹妹在数。

对小仙来说，上学后的算题比上学前简单多了。别的不说，那些写在纸上的数字，它们是一动不动的。它们老老实实等着你计算，算多长时间，它们都等着，不会乱跑——不会一会跑到墙角，一会跑进厨房……那些算术题，横躺在算草纸上，像是死过去了。你给它打上一个√号，它们不知道高兴，更不知感恩；打上一个大×，它们也不为自己争辩，就那么沉默着。

算术题在一个院子里摆开的时候，算术题是活的，会摇头摆尾；当算术题摆在白纸上后，算术题就像死了，或者是睡着了。

# 小 战 争

　　一开始，我不明白狗为何重视自己的排泄物。每次，在我清理时，都受到了来自它的顽强阻挡。

　　它的阻挡是有效的阻挡。六十斤重、身高也超过了六十厘米的成年金毛，和我一个中年妇女，是势均力敌的。这样，在和我对抗的时候，我并不能很容易地胜过它。经常是打成平手，而平手的结局就是没能很好地清除它的排泄物。

　　在它的排泄物中，它尤其珍爱自己的尿液。在我清除它的尿液的时候，我遇到的阻力也最大。有时，它见不能阻止我，会突然用整个身体扑在自己的尿上。出现几次这种局面后，我先用一只手拽住它，另一只手找到毛巾。它会甘心让我拽住吗？它的挣扎是很有力的。这导致我的清理过程急促、潦草、勉强完成。

——每擦一次尿，都是我们在打一个战争。

每一次，看起来都是它输了，我赢了——不管它给予我的反抗多么激烈，我都艰难地擦了地板，清除了它的尿液。

这种战争我们一直在打。让我疑惑的是它既然总是输，它为什么不放弃。这种最后总是导致失败的战争它怎么就不厌倦？

我以为我赢了——我擦干净了地板。可是，它在我的胜利里并不沮丧，它的样子并不是完全输了。

后来我明白，一条湿毛巾，就算再加上一条干毛巾，是不能彻底打赢这个战斗的。我的胜利是宏观的；它的胜利存在于我看不见的地方，隐藏在地板缝中，或以分子的形式飘浮在空气里：这就是它每次都充满激情地和我战斗的原因。

它被它的胜利滋养着，使针对我的战斗越来越有战斗力。

看来一直是我在庆祝我的胜利；它在庆祝它的——我们都赢了。

狗是不爱洗澡的，虽然有些狗表现出爱洗澡的样子，那是为了取悦主人。它们不愿意洗掉自己身上的气味——气味是它们的另一件外衣。这件衣服的作用不是保暖，是安全、自我存在的依据。把一只狗洗得无色无味或者很香，狗会相当恐慌。你用香皂把它洗香了，那等于你脱掉了证明它存在的衣服。它感到失去自我了，找不到自己了。它不知道自己还存在不存在，因为存在的依据没有了。它不喜欢香气。香气不是它的衣服。香气不是它的依据。

人对狗的所为，尤其是卫生要求，是很残酷的，但是，狗不绝望。它们有办法找回自己。它们每天的排泄行为，跟人的完全不同。狗的排泄是有重要意义的。它们靠排泄物和空间建立可靠的联系。

它信心百倍地排出自己的气味，对抗人强加给他的气味。任何一只狗的一生，都是和主人战斗的一生。

我隔上几天就要用84消毒液和来苏水把居室喷洒一遍。这时候，我的小狗惊恐不安。它紧紧跟着我，它不知如何阻止我。它团团转，没有办法。等我弄完了，它还是不停地走，不停地嗅，查看它的气味在我的狂轰滥炸后还剩下了多少。我每次这么喷药水，都是对它的一次毁灭性打击。它看着我这么做就像我看着家园被敌人的飞机轰炸。

我生病的时候，狗高兴了。我不能洒那破坏力极强的消毒液了；不能擦地板了；不能和它战斗了。屋子里积了厚厚的狗的气味，它暂时全面地赢了。连我都是狗的气味了，我失去自我了。

我无力地躺在床上，想着等病好了后，怎么清理这些我不喜欢的气味。怎么先把它关起来，彻底地打扫干净所有的房间。

# 替 代 品

一临近春节，我就要给我的外甥、外甥女打电话，邀请他们以及他们的配偶到我这里来过年。已经好多年了，他们总是愉快地接受我的邀请，并在除夕的上午准时赶到。他们上午来，是因为这一天有很多活儿要干：一部分工作要在上午就完成；一部分工作要在天黑前完成；一部分工作要在新年的起始时刻前完成。因为不是第一次来过年，他们一进门就能快速找到自己的岗位：比如外甥个子高，往门上贴春联、换灯泡等所有对身高有要求的工作就由他来完成；外甥女的爱人在部队炊事班干过几天，我就把厨房交给他主持，担任年夜饭的总策划兼总制作人；外甥女在干活儿做家务上十分外行并且没有热情学习，那就干点技术含量低的工作，比如洗碗、剥蒜、洗水果、摆餐具，相当于餐厅前台服务员……

给外甥和外甥女的电话如果不打，他们也会来的，因为他们没有地方过年——他们的父母在多年前去世了。外甥女爱人家又很远，回去一次往往劳民伤财，不能每年都回去。就在他们面对过年这个难题不知如何解答的时候，我的电话及时赶到了。

一临近春节，我感到我的外甥和外甥女就像掉进了河里，我不需要伸手搭救，我只要一喊他们的名字，他们就得救了，就自己爬上岸来了。

平时的日子，他们都能很好地生活，在他们各自的家里，沉着地应对着寒暑和阴晴。外甥女结婚后很省心，一次也没有哭哭啼啼地跑来说不过了。外甥更懂事，有限的工资还能有所结余，信誓旦旦地要买房子。应该说，这两个孩子的生存能力都很强。但是过年，他们表现得很没有信心。我看出他们年轻的骨骼还无法承担过年的重量。他们的那点气力应对那平常的日子还可以，而过年，需要更大的力气。一到过年他们就沉不住气了，甚至一过小年就惊慌起来了。过年就像十二级台风来了，得提前找好一棵大树抱住。他们没有父母，没有力量资助者。没有那棵可抱的大树。他们找到我，他们母亲的妹妹。我是他们母亲的替代品，如同没有粮食，米糠是替代品。我意识到我得站稳了，多大的风，我都不能摇晃。

其实，我也只能应对那些平常日子，过年也超出了我的能力。我的父母也早早就没有了，一过小年我也惊慌了起来。我寻找什么或谁做替代品？我连姨也没有了。我连米糠也没有了。外甥女们还有我这个漏洞百出的掩体，而我只能迎着风。我故作镇定，面带微笑，稳稳地坐在那里，坐成孩子们的靠山。

这些无家可归的孩子，加上我的孩子，加上两只狗，他们不由分说就向我聚拢了过来，瞬间把过年的时间和空间填满了。我需要这种填满，人多和忙乱可以有效遏制抑郁。家里已经被大大小小的孩子和狗占满，我连偶尔惆怅一下的空间和时间都没有了。仿佛一辆车，既然坐满了乘客，就可以开车了。也许最重要的乘客没有来，但是，坐满了人，尤其坐满了大小不等的孩子和毛色不一的狗，我就只得把握方向，开车启程迎着新年开过去了。

算上狗，算上我外甥女生的那个小孩，一起过年的一共有九口。我把我的卧室让给了外甥女和她的孩子。过年的第一天，我睡在一块海绵垫上，同两只狗睡在客厅地板上。小白和小黑太高兴了，它们从来没能这么容易地就上了我的床。现在，不用吵闹好半天，上床连跳一下也不需要了。它们俩见我把被子、枕头放在地板上，简直乐疯了。以最快速度在我的被子上找到一块它们满意的地方躺下了。那姿势和神情是绝不肯换地方了。我劝说了好一会儿，它们才肯移动一点点，大部分被子被狗牢牢压着，我勉强开辟出一小块地方。我站在床垫边上，俯视着我的这个临时床铺，忽然想笑——我床上的狗实在是太多了。我把自己的床弄得如此拥挤后，我很快睡着了。

到初二的时候，我的那些孩子，有家的都回家了。他们在我这里安全地把年这个时刻度过去了，剩下的都是好对付的日子了。像一张考卷，上面最难的一道题，在我的帮助下找到了正确的解，其余的题都很好做了。这样，他们稳操胜券回家去了。而我，用一天时间打扫战场。不能说我赢了，但也没输。人多力量大啊。我和命运打了个平手。

# 红 菇 娘

菜地西面的栅栏外，是东院的菜地。东院的男人细高、满脸胡子。在我这个几岁的小孩看来样子凶恶。他家的女人白、矮、大眼睛，一张精致的脸。我五岁的时候，她已经老了，主要是腰弯了。差不多弯成直角。我妈说，东院的男人民国时是胡子（土匪），那个我叫大嫂的腰已经弯了的女人，是他当年抢的。

土匪大哥大嫂生了两个儿子，一个女儿。只有大儿子还好，女儿和二儿子都傻。尤其那女儿，身高一米七十多，走路外八字，还摇晃。说话男声，似乎长出喉结来了。谁惹着她了，抄起个什么就打，不管男女。后来这女儿也嫁出去了。娶她的男人是个老光棍儿，嘴很讨厌，能胡说。据我三姐（我堂姐也嫁到那个屯了）说，他们经常打仗。秀琴（东院姑娘名字）抄起木棍就把那老光棍儿打趴下了。我听了之后，眼前出现那个大快人心的场面（因为我目睹太多女人被男人打趴下），而这样的场面很令我高兴，只恨未能目睹。我去堂姐家串门，见过秀琴的丈夫。他见到我这个小姑娘（那时我还在师范上学，相当于高中生）大献殷勤，着实欠揍。

那面栅栏，隔开了我家与东院土匪大哥大嫂家的菜地。栅栏是木条的。木条与木条之间是有缝隙的。那些缝隙足够我把幼小的手伸过去而不被刮伤。一年中，只有秋季，我的手才会穿过那些木条上的缝隙进入土匪大哥家的菜园子。

在西园子，生长着一片野生红菇娘（一种草本浆果）。红菇娘看不见栅栏，它们生得两边都是。母亲在料理菜地的时候，没有把它们铲除（我们的菜地面积很大，不在乎被红菇娘占据这么一小块），而栅栏那边年老的大嫂，也没有把红菇娘铲除（她家的菜地也很大，也不在乎红菇娘占据那么一小块）。夏天的时候，红菇娘还是绿色的，里面外面都是绿色的，像垂挂的灯笼。这个时候不能吃，但是能玩。我，还有其他女孩，都会用这种还绿的红菇娘做成乐器——掏出里面的果肉，只剩下绿色的皮。这个皮还是原来的圆形，用牙齿把里面的空气咬出去，就会发出咕咕唧唧的声音，然后再利用口腔的运动把空气灌满到姑娘皮里面，再咬。就这样不停地咬，咕嘎咕嘎的声音就不停地从我们这些小女孩的嘴里发出来。这是夏天，虫子们在咕嘎咕嘎地叫，我们这些人类的小孩，嘴里含着一个小浆果的空皮，也发出咕嘎咕嘎的叫声。这是女孩的乐器，男孩不玩这个，他们玩叫叫（柳笛）。一到暮春，女孩忙着做红菇娘乐器，男孩忙着做柳笛，所有的孩子都携带着自己制作的乐器，加入到夏天的合唱里去。到了秋天，红菇娘的外皮由绿变黄，再由黄变红，这个时候，它就不能做乐器了，它的含糖量增加，果皮变薄了。加上这个时候，大部分的昆虫也叫累了死去了或找到冬眠的地方了，世界忽然安静了下来，我们也不愿意再发出虫子的鸣叫了。秋天是收获的季节，而不是比赛唱歌的季节。我们家西院子栅栏边的那片红菇娘，已经红了，可以吃了。我每天都去摘几个吃掉。一些天后，那些红菇娘就被我吃光了。而栅栏那边的红菇娘则没有人吃。秀琴比我大许多，可能已经出嫁，整天和那个该死的老光棍儿在一起吃饭睡觉打架下地干活儿（据说他家地里的活儿都是秀琴干，老光棍儿不干，在家做饭。怪不得他挨揍）。这个女儿就算偶尔回娘家，哪有心思进菜地，就算进来也匆匆摘一把菜就走，她家栅栏边的红菇娘，她可能压根就不知道。这样的浆果，隐藏于菜地里的一小片浆果，只有我这样整天无所事事的小女孩才能看见，并且整天惦记着。怪就怪西院的红菇娘没有人吃，等我家这边都吃完了，那边的果实是那么多那么红。它们离我太近，近到我一伸手就够到了。我们家菜地的红菇娘都吃完了后，我每天还进西园子。我帮西院吃那些红菇娘。我把伸手能够到的范围内的红菇娘都吃完了。那应该是呈半圆的扇面状的。在我够不到的地方，那个半圆之外，还有红菇娘垂挂在那里，我没有继续摘，主要是我摘不到了。我没有想到破坏栅栏把整个身体都伸过去。我的身体在自己家的地上，我就没有失去重心。如果我越过去了，那就等于从高处失去重心掉下去了。那令我害怕。还有，我的一只胳膊一只手，如果被发现，我会快速撤离。那只是我身体的一小部分。如果这事是坏事，那么我并没有完全变坏，只有我身体的一小部分变坏了。因此，等我把秀琴家的那些臂长所及的红菇娘都偷吃光了后，我就停止了这个行为。这个行为由于我把握适度，没有被我妈和秀琴妈发现。成为我童年做得最漂亮的事情。其实从这件小事可以推导出我成年后的做事方式。我敢越界，但有理智。不会疯狂，不会不计后果，不会走火入魔。我将有个平稳的人生，不会出太大的差错。

# 我的根系

人是用泥土做成的。东方的创世神话是这样说的；西方的圣经里也是这样说的。泥土这种做人的材料，决定了人的脆弱、不结实，可轻易被水火消灭。人不能离开泥土，时时需要用泥土对自身进行修补。人离开泥土太远，是危险的。最开始的神，想建设热闹世界，他的手边没有多少可用之物，泥土是唯一的材料。泥土生出万物，或泥土制作出了万物！因此万物同质。

那么人和泥土的关系，就是糖和甘蔗的关系。植物在泥土里建立根系，建立生命营养的供应系统。人以植物为食。通过饮食，和泥土建立联系。那么植物是人类的根系。

一开始的人是生活在丛林里的。人的周围充满了植物。人和自己的根挨得很近。后来形成村落，定居在一条河流的旁边，然后在周围耕种、采集、狩猎，生活在驯化的植物的包围中。城市是人类首次不携带植物而独自前进。人类远离了植物远离了根系。

虽然乡村在为城市供应食物，但城市离农田很远了。来自泥土的能量，城市的人够不到了。虽然粮食和蔬菜携带了一部分泥土的能量进入了城市，但这远远不够。

城市里的很多人，怀念乡村。这些怀念，在基因链的一环中频频闪耀，导致这些人莫名不安。很长时间，他们不知道自己为什么易怒和失眠，当他偶然到了乡下并且住了下来，发现自己很快就睡着了。房子后面水稻田里的蜻蜓，都飞到他的梦里来了。一块农田的疗治，不是城市的医院所能替代。

我在城市生活了三十年。城市是一架转动的搅拌机，我是里面的一粒沙子。我转动，不是我在转动；我向上，不是我向上；我向下，也不是我向下。我不知道，这三十年的工作，我为人类做出了什么贡献？我的转动，于人类或者人群有益吗？

当我从机器里被淘汰出来，我获得了站在原地不动的权利。我可以选择了。我可以离开城市，我可以回到乡下。乡下的老家有微弱的声音传来。三十年后，我的村子，还在原来的地方吗？

我是幸运的，逆着我离开的那条路，我找到了我童年的村子，并找到一所废弃的房子住了下来。我需要四周农田的包裹，需要蔬菜和玉米叶子的摇动，需要桃花和金盏菊吐出花香。我找到了熟悉的村舍，如同重伤流血的人找到了有纱布的医院。

我是有病的，最大的病长在我的腹腔，血肉里有一架秋千，如同锈迹斑斑的沉船。十七岁离开家乡就把童年的秋千悄悄放入我的腹腔，这些年我一直携带着它，忍下那些隐隐约约的钝痛，每天寻找能够悬挂它的树枝。现在，我要把秋千从腹腔移挪出来，悬挂在院子西南角的大榆树下。在一个月夜，我把秋千取出，悬挂在一条伸向院子里的树枝上。没有人能看见秋千上的血迹。

我的胸腔，并不是只有心脏和肺。在心脏和肺的空隙间，我栽了几棵树：海棠树、梨树、桃树，樱桃树和杏树我也想栽，但实在没有地方了。要说我的肺可真是个优良的肺，在那样复杂的环境里，这些年一直没有出故障。我的心脏可没那么皮实，它不行了，两月就要发生一次房颤，心律失常随时发生。最基本的窦性心律我已很难维持。一位医生朋友提醒我，说你这样挺着不行，得做个消融手术。我说你不知道啊，只要找到地方把那些树移栽出去，心脏自然就会好好地跳了。它这样跳是因为生气和疼痛，我感到有一根树枝扎入了我的心脏。

春天，我在院子里栽种桃树、梨树、樱桃树、海棠树……先在泥土上挖一个坑，把树苗放好，浇水，然后培土，踩实。当我把最后一棵树栽好了，我直起腰，南风吹过来，脚边的豌豆已经从泥土里拱出来了。刚出土的瓜类和豆类菜苗，样子像小动物，也毛茸茸的，两手抱着头。我感到心里宽敞了。心的怨气一下子没有了。心脏一下子不知怎么跳才好了。我站在那里不敢动，等着心脏慢慢找到窦性心律的节奏。肺也悄悄吸进了更多的氧气。而这里的氧气，是从榆树叶、南瓜叶、黄瓜叶、牛筋草的上面滚动过来的，一路带着黄瓜的气味、青草的气味……

我的头部，也被我放了东西——那是一座铺着鱼鳞古瓦的房子。有人字形屋脊和静谧的瓦当。人字形屋脊是给予脆弱的人的配套设施——这一形状（金字塔）能接纳上天的能量。就算我的头再大，里面放一座房子也是吃力的。我的脑供血严重受阻，隔一段时间就要打疏通血管的药水，吃川芎、红花、水蛭、地龙为主配制的中药，不然我就长睡不醒。为了使血液能灌注到我的头部，我只得把身体放平。站立着，对于我来说，头部就处在了没有氧气和血液的危险中，要不了多久，我的头就会风干了。

第二年春天，我做好了一些必要的准备，选好良辰吉日，把占据我头部空间的那所房子移挪了出来，放到了院子的西侧。这样，院子里就有了两座人字脊的房子（院子北侧原有一座老房子），接收上天能量的设备增加了，我头部血管的压迫就得到了解除。我不用打针了，偶尔吃点药，维护已经受伤了的血管和脑神经。我现在住在西厢房里，门窗向东。后面的西墙挡住了旷野的风。晴天看黄瓜和葡萄爬架，雨天看房檐下的雨帘。头部的神经缔结开始恢复，神经突触如蜗牛的触角一样探出，抓住了另一个突触，然后它们紧紧抓住，像两个朋友在握手。我在脑神经连接恢复后，头脑中的灯亮了起来。在灯光的闪烁里，我产生了写诗的想法。我先把狗喂饱，然后试着写出了几行：

大风要把乌拉吹到天上去

我在松花江边种豌豆

西侧是广阔的玉米地

### 一颗颗槽牙在地下暗暗较劲

这些事都是这几年做的。我发觉我对事件的记忆能力在不断下降。我担心再过几年后我会把这些重要的事彻底忘掉。我要找到障碍物，阻挡我的下滑。我找来一个笔记本、一支笔，通过这支笔把我的故事存放在纸上一份，如果我头脑中的那份消失了，那么我手里不至于一无所有。

我记录了很多有趣的事。一个笔记本不够用，两个笔记本也不够用。我没想到，我的记忆里有那么多的事，而且我认为哪件事都很重要，消失了都很可惜。我记录了挂秋千、栽树、盖房子、邻居小芹为什么不种花；记录黄瓜开花、南瓜坐果、冬瓜坠落；记录月食、北斗星斗柄的朝向、日环食；记录白鹡鸰和北红尾鸲来到院子里的时间、记录戴胜和白头鹎；记录赶乌拉大集所买物品、记录用手压满一缸水所用时间、记录几月几日看见了院子里的巨大蟾蜍……

这一切都是多么重要啊！这一切要是被我遗忘了，我将一无所有，一贫如洗。

# 草　场

　　从新疆回来的那天，傍晚的时候我赶回了乌拉街。从大门到屋门红砖铺成的甬路上，已经长出了很多野草。那是一些稗草，牛筋草还有蜀葵。从狭窄的砖缝里长出来的。从5月开始，野草就不断地从砖缝里长出来，已经被我奋力拔除好多次了。离家十几天，野草乘机长大了，有的更抽出了籽穗。它们手拉着手，快要把砖地都遮盖住了。

　　我通过甬路，进了屋子，放下背包，然后出来。我弯下腰，一棵一棵地数那些稗草。在那条三米宽十米长三十平方米的砖路上，一共长了二百多株草。平均每平方米七棵草！

　　每平方米七棵草，这在新疆应该是最好的草场了。听新疆的朋友说，每平方米三棵草，就被定义为草场。

在新疆阿勒泰地区，除有水源的地方外，大部分的草原，基本看不到多少绿色。生长在这里的草，是灰色的，还有的是枯草的颜色。大部分的地面裸露着，草稀少，没有能力长大，更无法覆盖地面。车窗外的风景大多是这样的。我在心里想，一只羊在这样的草场要想吃饱，得走多少路呢？这里的羊很可怜，天地很大，却无力为它长出肥壮的绿草。这里是沙土，存不住水，艰难长出的草，也是没有多少水分的。这样的草，吃起来一定不好吃。听说骆驼没什么可吃就吃那种带刺的草，常吃得满嘴流血。

数完了砖地里的草，再看菜地，里面的草气势嚣张：灰菜已经高于西红柿了；拉拉秧已经爬上了黄瓜架；野生喇叭花把茄子秧纠缠住了；水稗草尖尖的叶子，从任何地方长了出来，已经填补了所有蔬菜之间的空白，成为菜地的背景。还有几种我不知其名的草，高大肥硕的叶子在风中放肆地抖动。如果我不加干预，要不了几天，这些野草就会篡改这块菜地的性质。这要是搁以前，我早就愤怒了，我的手早就愤怒了。用我愤怒的手拔掉了多少野草，已经没法计算。从5月开始，我就在和这些野草搏斗。它们不停地从泥土里长出来。一批被拔掉了，下一批就开始发芽，要不了三天，就又长了出来。那些菜苗，要不是我的双手不断援救，早就被野草淹死了。从5月到现在，我的手和院子里的野草之间，已经有仇了。

我必须要把蔬菜身边的大草拔除。蔬菜是我的食物。但我的手面对野草时，忽然软了。我的手积攒下的对野草的仇恨忽然消失了。我的手没有了仇恨之后，我就没有力气了。再不能像从前那样，一把抓住好几棵野草的头，然后用力连根拔除。最后我只是拔掉了蔬菜根部长出的大草，其余，就让草先长着吧。面对野草，我已经下不去手了。草在我眼里已经楚楚可怜，珍贵无比。

就算拔除蔬菜根部的草，也有了一大堆草。以前的草都一捆一捆扔垃圾堆里了。现在我不能了。草是珍贵的，不是垃圾。我把拔下的大草铺在砖地上，把它们晒干。就算没有羊来吃，我也要把它们晒干。不然我该怎么办呢？

住在乌拉街，我有个习惯，就是每天早上起床后，头不梳脸不洗，我穿着拖鞋，在院子里走。我看那些我亲手种的蔬菜，亲手种的花卉，亲手种的玉米……我看完前院看后院。我是那么喜欢它们，我天天看还看不够。（我从骨子里喜欢土地和土地上的植物。它们结出果实开出花来，这些都是奇迹！）从新疆回来，我早上还是披头散发地看菜地，看完黄瓜看玉米，看完苦瓜看豆角，但我现在的视线也落到那些被我有意留下的野草上。我看野草的目光开始柔和了。我看野草的时候，再不在心里盘算着今天下班我要铲除它们。我现在要留着它们，为新疆的那些羊。就算它们吃不到，我也要留下这些肥壮的牧草，不然我该怎么办呢？

# 顶 端 优 势

　　一株植物，在营养素有限的情况下，会首先供应植物顶端的生长，而对植物的侧枝产生抑制作用，这在植物学中称为顶端优势。这本是植物的一个生长策略，但这一生长策略却被我用上了。我小时候缺钙，应该别的也缺，只是缺钙厉害，到四岁才会走路。那时能吃上饭就不错了，钙、维生素、微量元素的缺乏是个普遍现象。因此我的缺钙问题没有被大人及时遏止住，甚至不知那是缺钙。我就在严重缺钙的情况下自然生长着。这时我的身体就变成了一株植物。在身体无法获得足够养料的时候，运用了顶端优势。我所能获得的所有的养分首先供应我的大脑，保证我的大脑发育。而我的侧枝——我的胳膊腿——则遭到了抑制。我不会爬，可能因为胳膊没力气，支撑不住身体；

我不会走路，我的腿也支撑不住体重。胳膊腿出现这种危险情况，身体毫不理会，仍然只保证我的头部生长，因为我的胳膊腿，是我的侧枝。在必须取舍的时候，是被舍弃的部分。

后来，在一辆小推车的辅助下我终于会走路了。通过太阳，我获得了钙质，胳膊腿开始生长发育，但是已经晚了。我没有别的孩子跑得快，身高也受到了影响。但是，我上学后的功课可是好，不但不比别的孩子差，还比别的孩子好许多。

可能是对我的顶端用力过了，我的智商很高。上中学时，一个学年好几个班，我的成绩总是第一的。就是在数学那种女生先天不占优势的学科，我也一直名列前茅。文科那就更不需要多费脑子就行的。我上学最不怕的就是考试，一考试我就第一。平时不会做的题，考试的时候准会。用现在的话，我就是个学霸。但是我有短板。我的短板是我的身高。穿上高跟鞋，也才一米六。我的胳膊腿，因为处在我身体的侧枝位置，没残废已经不错了，但我儿子却没费劲就扶摇直上到一米八，而他父亲也才一米七多。按照父母遗传的计算方法，孩子的身高应该是父母身高的平均值，我的孩子把所有的劲都用上，最好也就一米七左右。那多出来的十厘米，是从哪来的呢？应该是从我这来，也就是我是有高个儿基因的，只因腿是我的侧枝，被抑制，但基因潜伏着，保持着原来的信息。举个例子：我本是一株高粱，因环境因素我没有长高，但我仍然是一株高粱，而不会变成一株稻谷。我的这个高粱的基因来到我儿子身体里，因养分充足，顶端和侧枝都均衡发展，他就长高了，长成了一株正常的高粱。我推算了一下，如果不是幼年供应生命生长的养料严重不足，我的身高应在一米六六左右。如果再使使劲，就接近一米七了。这是多么理想的身高！打篮球，走T台……都够了。身高每高出十厘米，选择职业的空间就跟着扩大。

我没测过智商，到底多少也不知道。只能从我头部的一些特征上猜测。有一次，孩子他爹发新军装，马裤呢的，很精神。回到家，他随手把帽子摘下挂在衣帽架上了。晚饭后我闲的，拿过他的军帽想戴一下看看效果，女人戴军帽有时效果很好。结果，那个一米七五身高的男性军帽，我几乎戴不进去——我的头大。至此我才暗吃一惊，我的顶端，已经被保护得几乎畸形了吗？

多年前，有人看着我的照片说：咦，你像个大头娃娃！

# 冬天的集市

　　乌拉街的冬天，是北纬44度的冬天。最低温度在零下三十多度。11月底，白雪基本完成了对乌拉地方的覆盖。乌拉街的大集，也被白雪兜头覆盖了。虽然那条作为集市的街道，雪被清扫了出去，但街边的房子上、树上，都是白色的。还有，雪很大的时候，一堆一堆的雪堆在街边，几天都清理不完。远山虽海拔很低，但也成为雪山。在这样天寒地冻的背景下，乌拉大集，都有什么样的商品出售呢？

　　下雪之后，气温降到零下二十多度之后，几乎一切生命都停止了生长。植物结束得更早，在10月份就纷纷枯黄了叶子，把还有一丝生命的根深藏泥土，准备度过寒冬期待春风。粮食早已收割，已经以光滑的颗粒的形态，隐藏于粮库、米仓等空间。然后是家畜，已经养了一年，到下雪的时候，它们的生命，经历了春夏秋冬之后，走到了终点。终点是白雪和北风。它们走不过去了。到这里停止了。

在冬季的乌拉大集上，最大宗的商品是肉食。以羊肉居多，然后是杀好的本地土鸡。小鸡被收拾干净，摆在地上或小推车上，已经冻成白条鸡。羊肉摆在案板上：羊排、羊腿、羊肝……在案板下，是几只死不瞑目的羊头。我曾看见一只羊头，它的角，弧度特别完美。这只羊活着时，得多好看呢！但农民杀羊可不管羊是否好看，那好看的羊的肉，也不会比一般的羊肉贵。羊肉淡红，被冻上后，颜色会略深。偶尔也会碰到有人在卖一头杀好的牛。牛头在地上。肉在案板上，颜色深红。这些肉品，都是本地农家所产，没有大规模养殖场。所有肉是没有检疫蓝章的，但这样的肉很地道，很好吃，比那带蓝印的好很多。

羊肉是三十元一斤。牛肉是三十八元一斤。而且不论什么位置都是一个价。不同城里的超市，把牛、羊、猪身上的肉，细分成若干区域，不同区域有不同价格。这是个农村大集，一切都是粗放的，哪有闲工夫分那么细。小笨鸡则整个出售，十元或十五元一斤。每只鸡大概五六斤的样子。

不论羊肉、牛肉、鸡肉，都是涮火锅的好材料。大家忙了一年了，冬天猫冬在家，外面白雪纷飞，坐在家里火炕上，把从老王家买的牛肉切一盘，把从老高家买的羊肉切两盘，再把自家杀的小鸡切成块，铜火锅点上无烟炭，腌好的酸菜切一棵，粉条、榛蘑、黄花菜，摆满小炕桌。麻酱红方韭菜花，大家坐在一起，涮一涮火锅，一年的辛苦都在这火锅的热气里，变成了香味。

冬天的乌拉大集，除了各种肉，也还有水果。这种水果历史悠久，这种水果身手不凡。它能从秋天一路挺进寒冬，并在寒冷的东北露天集市里成为英雄。这种水果就是花盖梨。花盖梨一点也不好吃，但是，一旦把它放入零下二十多度的寒冬，所有的水果都玩完了，只有花盖梨，蜕变成为酸甜可口的冻梨。花盖梨被冻成黑色的铁球。我们小时候，冬天哪有水果啊，就是到过年了，买些铁球一样的冻梨吃。你可千万不要小看这冻梨，它太神奇了。冻梨怎么吃知道吗？要用冷水缓。冻梨周身结出一层冰壳，敲掉冰壳，坚硬的冻梨变成软和的冻梨了，这时候就可以吃了。甜、酸、凉，好吃得不得了。冻梨是我童年冬季唯一的水果，唯一的甘甜。

能和冻梨一道走进寒冬的水果还有一种——冻柿子。柿子是关里的产品，东北没有，冬季从山海关运来的。可能在关里的时候人家还是红彤彤的柿子，过了山海关，遇到冰雪，柿子纷纷变成了冻柿子。我们吃冻柿子和吃冻梨的方法一样，也用冷水缓。冻柿子缓好后，甜，特别甜，凉洼洼的，有的轻微地涩口，可能是没有熟透。冻柿子从外观到口味，都有异域风情，只有冻梨，朴素实惠，深入人心。

冬天的大集，也不全是涮火锅的材料，还有衣服。衣食住行，衣在首位，因此大集不能没有衣服。不但有衣服还都是好看的衣服。临近春节，要买新衣服过年。大家都要买新衣服，大人的小孩的。因此那卖衣服的摊位有好几家。乌拉街似乎什么都有，自给自足的状态，但乌拉街没有纺织印染等，服装鞋帽还是从城里来的，是专为乌拉大集准备的货源。农村人的衣服和城里还是略有不同。尤其过年，衣服讲究鲜艳和喜庆。因此那在街边挂出来的衣服就是花红柳绿的一片，在白色的冬天背景下，让人感到有了春天的意思。花没红呢，人先红艳起来。树没绿呢，人先……临近过年，卖衣服的商家会在大集的日子，从城里来赶这个大集。花红柳绿的新衣服，毛衣、羽绒衣、童装，花花绿绿挂了一大街。

旁边卖春联的不甘示弱，春联不往高处挂，风一吹，哗啦啦响不说，也容易刮坏。卖春联的把红色春联铺了一地；把福字铺了一地。当人们围着挑选时，那些好看好听的吉祥话，那些又大又圆的福字，都抬头迎向人们的脸，好像它们是从地里长出来的。因为有风，年画也铺在地上。画上是年年有余、夫妻恩爱、绿柳红花，这些都铺在地上，那年年有余、幸福美满、福禄寿喜，都好像是从地上长出来的。赶集的农民买完了衣服要买年画春联，他们久久地低着头，挑选喜欢的，当选好了，就会躬身把看中的年画和春联从地上小心翼翼地拿起来，卷好放入自己的口袋里，这和他们春天在田地里辛苦耕作的姿势是一样的。

# 易　燃　物

　　八一两个月大的时候，我的厨房发生了一次火灾。这次火灾因为发现得及时而未能酿成大祸。

　　那些现场的浓烟从我为它们打开的窗子逃走了。烧坏的铝水壶扔在墙角，以物证的形式，提醒我火是能失控的。水壶是那次意外中唯一被烧坏的物品。我看见水壶的底部，一块手掌大的铝金属不见了，它们变成了烟。它们变成烟后体积是那么大。手掌大的一块金属，就挤满了厨房和走廊。它们飘起来了，它们从窗口飘向了天空。我和八一哪里有一块铝金属坚硬？我们软，比金属更加易燃。我们更容易变成烟雾，更容易飘起来。

　　可是我们还不愿意离开地面，我们不愿意像水壶的底部那样飘起来。

我得想办法，我得想出不飘起来的办法。我坐着想。我坐在我的床头柜上想。我的背紧靠着东墙，从我坐着的这个点出发，一寸一寸地搜查我的房间。我觉得我的房间充满了可疑的东西，埋伏着火的许多同谋。我看见了衣柜、床、八一的床、门、椅子、桌子、木屐……我归纳它们，然后我找出了共性——它们都是木头的——它们都是干燥的木头的——它们都是涂了一层油的干燥的木头的！木头和油的组合配方是多么爱燃烧啊！是多么渴望燃烧啊！它们天天都在等待一滴火。我看出它们想飘起来。它们跟我的想法方向正好相反。它们想改变形状，它们要到空中去，因此它们天天都在等待火。看到这里，想到这里，我就坐不住了。我站起来，在屋子里走。我一圈一圈地走，像笼子里的母老虎那样一圈一圈地走。我发觉我太不沉稳了，太慌张了。我还没有把屋子里所有可疑的东西都找出来，我刚刚找出来一部分。我告诉自己要冷静，要坐下来。我坐在了南窗台上。除了悬空的两条腿在晃悠，我的身体的其他部分都冷静下来了。我的眼珠开始动。我搜查我的房间，一寸一寸。这次的起点是窗口，我的目光又出发了。我用了一个身在窗外、向屋内窥探的局外人的角度。我看见了被子、衣服、鞋子、窗帘、枕头……我归纳它们：它们都是针织品。它们比木头家具更想飘起来。这些由危险的棉花乔装成的物品，它们飘起来的条件比木头更低，它们仅仅需要一阵风。它们沾火就着，它们是火的接力者。它们把火扩大后交给那些看上去安安静静的木家具。这是一个周密的计划，一切都安排好了，什么都不缺了。只要火到来，所有的一切就都飘起来了。

当我看透了房子的本质，家具的内心，被子的内心，我就又坐不住了。我从窗台上下来，踩到了木地板上。我跳起来，地板烫了我的脚。它早晚要烫了我的脚。我来到睡在床上的八一身边。我的孩子八一，他睡在一堆棉花织物的中间，一点警觉都没有。他睡在涂了一层油的木床里，一点都不知道害怕。八一还不会说话，八一还没有长牙。八一对这个房间没有充分的认识。八一对这个房间没有任何办法。他睡得那么香，睡得不知道这个世界上存在着火，不知道他身边的一切都是火的同谋。

我得想办法。我得为我想办法。我得为不能想办法的八一想办法。

我先在想象里把火点起来，我得身临其境，想出的办法才是最可行的。火是从厨房着起来的。厨房每天都有明火，厨房有定时炸弹煤气罐。往往发觉时门已经烫手，门外已经都是火了。这时候是不能开房门的，门里的那些易燃物都等着你开门呢。门出不去了，下楼的楼梯上都是浓烟了。门以及楼梯都是在不失火的情况下走的，在着火的时候，那里从来都不是出路。还是往后退，一直退到南墙，如果南墙上没有窗子你就没有退路了。所有的南墙上都有窗子，所有的困境都有退路。一个有窗子的房子就不是死胡同。窗子是门的一个备份。在门出了问题的时候，窗子就是门。

我的思维踏上了正确的道路。我向房子里唯一的南窗走过去。我曾无数次地来到窗前。我看天色，看云，看月亮，看院子里的柳树，看柳树下的秋千，看远山，看吴连长回来没有……今天，我不看这些。今天我的眼睛里没有风景，没有人物。今天我的眼睛里全是数字。我的目光一出去，就像个很沉的东西一下子就垂落到地上了。我看见我的目光瞬间变成直尺，量出了窗口与地面的距离——二楼，高度是六米之内。

这样跳下去是会摔伤的，抱着八一就更会摔伤，得借助一个下降的工具。我首先想到了梯子。想到梯子是错误的。谁家的窗口常年驾着梯子？我有理，我也不能明目张胆。我也不想太强硬。还是本着秘密的原则。在这个原则的指导下，我向右转，我想到了绳子。想到绳子是正确的。绳子就是梯子。它有梯子的一切功能却没有梯子的那个弱点。绳子是梯子的灵魂。绳子可以变形，可以隐身。可以成为一个团，缩成一个点。绳子是个很鬼魅的东西。只有这样的东西才能在非常时刻做出非常之举，为我做出贡献。

在一小时内，我就找到了这样的绳子。当我发现它时，它以一个团的形状、以军绿的颜色，像一条冬眠的蛇，卧在吴连长的箱子里。我一看到它，它就像个小动物似的在我的眼前懒懒地伸直了腰，然后变成了一架绿色的梯子。

那是一团军用行李绳，吴连长的。

吴连长用到这条绳子的时候很少。一般是一年一次的秋季外出打靶。如果发生什么自然灾害需要调动部队的时候，这条绳子也要用。当我把绳子藏起来不到十天，相距五十公里的金城就发大水了。听到集合号，吴连长开始准备。他们所带的物品是一个行李，一个背包。行李需要用行李绳捆上。侦察连连长吴很快就把我藏起来的行李绳找到了。我扑上去抢，这样我们就发生了肢体冲突。在这种冲突方式里，我是必败无疑的。我败得很彻底，我被推倒在了地板上。出现这种局面我的失败已经无法挽回。但我得对我的失败有所反应，我哭，我坐在地板上哭。八一坐在床上，一直在看两个大人打架，看着看着，情况向着他不喜欢的方向滑了过去。他想介入，他用突然的尖锐哭声介入了进来。八一哭，我的哭就得结束了。我的日常工作之一就是不让八一哭。现在他哭了，我哭的理由立刻就没有了。

最后一次为行李绳打架，是秋季打靶。吴连长打靶归来的时候，除了原来的那条，又带回了一条新的行李绳。他把半个月都没刮的脸凑到我的面前，说，你为什么要这样一条绳子？我看出他在这半个月里，除了消耗子弹，就是在琢磨这个问题。显然他没有找到他认为合理的答案。

我抱着扔到我怀里的绳子，冲着他迷惑的脸露出微笑。